疯人演绎法

LUNATIC DEDUCTION

方洋 著

中国友谊出版公司

罗谦辰

方洋

黄朗
KEEP OUT

陈峰
KEEP OUT
KEEP OUT
KEEP O
KEEP OUT

目录 CONTENTS

任何犯罪都不值得同情，
任何罪犯都必须得到应有的惩罚。

本书部分内容取材自真实案件，

但故事纯属虚构，

切勿对号入座。

引 子

一直以来，我都在不断地对一系列精神异常的梦游症患者进行调查走访，听他们讲述自己离奇的梦游经历，以及一些能够颠覆常人三观的理论。

这些理论看上去的确全都是疯人的胡思乱想，但这些看似癫狂的言论，却又在某些方面蕴含着令人难以辩驳的哲理。

这些哲理，总能令人细思恐极！

在采访过程中，我无数次地对这个世界、对这个宇宙产生疑惑——

我们所看到的，真的就如我们所看到的那样吗？

直到最后，我甚至开始对自己产生了怀疑。

我以为的那个“我”，真的是我吗？

我，真的存在吗？

我曾无数次回忆起与他的第一次见面，那是整个梦游症患者调查的开端。他启迪了我对这个世界的重新认知。

后来，他因为梦游杀妻，被捕入狱，判处死缓，后减刑为无期徒刑。

他入狱的一年后，我在监狱里对他进行了第二次采访，那一次，他更加深入地重塑了我对自我意识及整个宇宙的看法。

再后来，便是那个秋季的雨夜，两名公安干警——陈峰警官和黄朗警官——因为一起碎尸案找上门来，随后，我和他们一起前往郊外的监狱。在监狱里，我又一次见到了这位老友。

而那次会面的目的，是为了请他出马协助警方调查那起陷入僵局的碎尸案。

可是，在案件调查的过程中，他失踪了，当时负责看管他的三名警察全部死亡，凶器是一支钢笔。

黄警官也被发现死在了自己家中，胸膛插着一把水果刀，在水果刀上提取到了他的指纹。

几乎所有人都认定，这一切都是他干的，他畏罪潜逃了，他是一个犯下多起血案的十恶不赦的疯子。

但我并不相信他会这么做，我觉得，其中必有蹊跷。

我不知道他去了哪儿，但他却无数次在我的梦里出现，那张儒雅的脸，那双深邃的眼眸。

以及那个名字——

罗谦辰！

这个故事，和罗谦辰有关。

陈峰警官在一起案件的调查中殉职，我在他的遗物中发现了一个笔记本，笔记本里记录着一些他从未提起过的事情。

原来，那起碎尸案，并不是罗谦辰第一次协助警方破案。在他入狱的这几年内，他曾多次协助警方破获各起大案、要案，而这些案件的凶手都有一个共同特点，他们似乎都有不同程度的精神疾病。

而负责与罗谦辰进行接洽的，正是陈峰。

他在笔记本里，亲笔记录下了和罗谦辰一起破获这些变态案件的过程。但是受到保密协议的限制，这些内容一直没被公开……

第一个案例

维特鲁威人

维特鲁威人

老实说，当了15年的警察，血腥的案发现场，我也算是见过不少，但像这起案件这般血腥的，以前从未有过。

今年的冬天格外寒冷，冷到彻骨，冷到令人窒息。我所在的这座城市，地理位置不偏南不偏北，属于中部地带。去北方的城市，那里的人听我的口音，都管我叫南方人；去南方的城市，那里的人听我的口音，都管我叫北方人。

其实，我是一个不南不北的“中间人”。

我叫陈峰，是我市公安局刑事侦查支队队长，是这起案件的主要侦办人。

案发现场是在市中心的一片城中湖上。我从未见过那片湖结冰，而今年的冬天，那片湖上结了一层厚厚的冰，人们可以在上面行走，更有甚者，直接在冰面上滑起了冰。

那天清早，我们接到了市民的报案，于是赶到了案发现场。

白色的冰面上，聚集了不少刚好晨练路过的围观市民。我和黄朗是多年的老搭档了，他是支队的副队长，他抽烟抽得很凶，老烟枪了，脾气自然也很暴躁。

“让开、让开、让开，都让开！”

他嘴里叼着烟，用力拨开了围观人群，有几个下盘不稳的，脚底一滑，直接跌倒在冰面上，滑开老远的距离。

黄朗就这样硬生生地开出了一条道，我跟在他后面，不住地跟围观市民道歉："不好意思啊，不好意思啊，警方办案，多多理解，多多理解。"

我们来到了封锁圈前，一名在现场维护秩序的小警员迎了上来。小警员刚要向我们汇报情况，只见黄朗将烟头往地上一扔，不耐烦地道："让开，我自己看！"

他说完，便将小警员扒拉到了一边，撩起警戒带便进了案发现场，我也赶紧跟了进去。

眼前的景象，不禁令我打了个寒战。

白色的冰面上，躺着一个裸体的女人。这个女人的身体被拦腰截断，仰面朝上，双臂向头顶方向举起，如投降状。她的双腿笔直伸展，并朝两侧小幅张开。

值得注意的是，女人的身体尽管被分成了两截，但并没有被胡乱扔弃，而是被凶手精心摆正、对齐的。尸体的上半部分和下半部分的截面之间，大概隔开 3 厘米的距离。

直到最后，我才敢去看她那张脸。她的嘴角两侧被人用利刃割开了，伤口顺着脸颊一直延伸到了耳根，仿佛一个巨大的微笑。

冰面上没有任何血迹，也就是说，尸体被遗弃至此时，血已经被完全放干了。

我打了个冷战，看向一旁的黄朗，此刻，他的面色也十分凝重。

我问："老黄，你觉得像吗？"

黄朗说："你是说，那个发生在美国的案子？"

我点了点头道："黑色大丽花。"

1947年1月15日，美国洛杉矶发生了一起轰动全美的惨案。一个名叫伊丽莎白·安·肖特的女演员被人发现死在了诺顿街区的一片草地上。

她浑身赤裸，躯体被拦腰截断，整齐地摆放在草地上，她的嘴角被人用利刃割开了，伤口顺着脸颊一直延伸到了耳根……

一切的一切，都和我现在面对的这个案发现场如出一辙。

那起案子的凶手的身份至今成谜。

由于那名女演员生前最喜欢黑色，所以有了一个外号，叫"黑色大丽花"。于是那起惨案，也被命名为"黑色大丽花惨案"。

我和黄朗看着眼前的情形，寒风夹杂着碎雪呼啸而来，打在脸上，如刀割一般。

有那么一刻，我甚至产生了幻觉，我感觉有一把利刃，正在划破我的嘴角……虽然那感觉转瞬即逝，但我还是感受到了恐慌。

我们的心里已经有了答案，这个凶手，很有可能，是在模仿当年发生在美国的"黑色大丽花惨案"。

黄朗这人，你别看他是一个大老粗，但是粗中有细，总能第一时间发现我没有发现的细节。他弯下腰，仔细看了看，然后拍了拍我的肩膀，对我道："老陈，不对头啊！"

我问："怎么了？"

黄朗道："没断！"

我问："什么没断？"

黄朗指了指尸体被拦腰截开的地方道："你看，有东西连着！"

我在尸体前蹲下身，将眼睛凑近，目光聚焦在尸体的上半身和下半身的截面之间，果然，是连着的！

正如黄朗所言，有东西将原本已经分开的尸体，连在了一起。

那是一根细小的钢针，前后两端分别插在尸体上半部分和下半部分躯体的中间。那一刻，我倒抽了一口凉气，感觉自己的脊柱，正在被什么东西刺痛。

尸体很快被送到了市局法医鉴定中心，法医是个妹子，叫龙敏，比我和黄朗小几岁，性格开朗，特别重口味，吃火锅必点猪脑，而且每次都会现场将猪脑解剖，为大家讲解猪脑和人脑的结构区别。

她是乐此不疲，我们也都习以为常，只是每次新人和她吃火锅都有些招架不住，凡是有她在的饭局，全都敬而远之。

当天下午，我和黄朗在鉴定中心的解剖室里见到了龙敏，此时，尸体还浑身赤裸地躺在解剖台上。

我和黄朗一走进解剖室，就闻到了一股刺鼻的辣味儿。

黄朗问："什么味儿啊？"

只见龙敏端着一个塑料盒朝我们走了过来："火锅。"

黄朗吃惊道："火锅？你在解剖室里吃火锅？"

龙敏道："速食的，倒上水自己加热，比方便面还方便。"

黄朗道："这我知道，可你在解剖室里吃火锅，这未免有点儿……"

龙敏道："啧，哪儿那么多讲究啊，这不是忙得没时间吃饭吗？你懂不懂怜香惜玉啊？"

黄朗摇了摇头说："怜香惜玉，是没错，可你也不香啊，满身都是尸油味儿，还有福尔马林和消毒水的味道。"

龙敏怒瞪了黄朗一眼，将一小块儿猪脑送进了嘴里。

这里顺便提一句，条例上，法医在完成全部解剖工作并得出最终验尸报告后，是可以在解剖室里吃东西的，但在解剖过程中绝不允许。所以，龙敏在解剖工作全部完成后，于解剖室里吃东西的做法虽然不严谨，但并不违规。

我忍住没笑：“好了好了，你俩能别一见面就拌嘴吗？尸检情况如何？”

龙敏道：“目前可以确定，这名女性死者的生理年龄为28岁，死亡时间是在昨天夜里9点到11点，死者的脖子上有勒痕，凶手先用绳子将被害人勒死，然后扎破了被害人的颈部大动脉，将血放干，随后，凶手用锯子从死者肚脐眼的位置——准确地说，是肚脐眼稍微偏上一点的位置——将尸体拦腰截成两段。用手术刀之类的利刃，将死者的嘴角划开。没有性侵痕迹。”

我问：“那么……那根钢针……”

龙敏道：“我正要说。”

她说着，转过身，从物证箱里取出一个透明的物证袋，物证袋里装着那枚钢针：“钢针是不锈钢的，两头都是尖的，已经测量过了，长度为4厘米，刚好扎在死者脊柱的两个截面上。”

我问：“扎在脊柱上？”

龙敏点了点头：“凶手先用极其精细的钻头在骨头上开了个极小的孔，然后将钢针插了进去，钢针两侧抹了万用胶水，牢牢地固定在了里面，将原本已经分开的脊柱，连在了一起。”

我问：“可是，凶手为什么要这么做？”

龙敏耸了耸肩道：“这就是你们要去搞清楚的问题了，我只负责尸体的检验。”

我和黄朗调查到了死者的身份，然后根据其身份，走访调查了她身边的所有人，结果，却是一无所获。

公园的那片城中湖，刚好是监控的盲区，所以，并没有拍下凶手抛尸的画面。

距离本次案发刚好一周的时间，第二具尸体出现了。

尸体是在距离上一个案发现场正东面直线距离30公里的一处郊外的荒地上，死者同样是一名女性，年龄30岁，死法和上一名死者一致，被人勒死，然后从颈部大动脉处放干血，嘴角两侧被人用利刃割开了，伤口顺着脸颊一直延伸到了耳根。身体从肚脐眼处被拦腰截断并隔开一小段距离，两截脊柱之间以一根4厘米长的钢针相连。

我和黄朗调查了死者身份，确定该名死者与第一名死者并无交集。我们也并未在死者社交圈内发现可疑人物。

而那片荒地，同样也是监控盲区。

又过了一周，第三具尸体出现了。

这具尸体被发现在距离第一个案发现场直线距离20公里的废弃工厂内，那座工厂刚好在第一个案发现场的正北面，也是监控的盲区。

死者是一名女性，年龄25岁，死法与前两名死者几乎一致，但有一个至关重要的差别。

这具尸体，虽然被拦腰截断，却没有分开，而是用钢针将尸体的上下部分严丝合缝地拼接在了一起。钢针被完全扎入了两端脊柱中。

我和黄朗都在反复思考同样一个问题：为什么这次会拼回去？

面对这个问题，我们百思不得其解。

三周，三具尸体，按照凶手作案的规律，一周后，还会有一具新的尸体出现。一时之间，各路媒体像是炸开了锅，关于本案的报道可谓铺天盖地，社会上人心惶惶，上头给我们施加了极大的压力，如果不能在一周内破案，我和黄朗都得滚蛋。

五天过去了，我们的调查依旧毫无进展。凶手似乎是在无差别杀人，所以，从三名死者的社交圈子里，根本不可能找到真凶。

就在当天下午，我突然接到了一个电话，电话里的男人名叫贺尊，自称是一个叫罗谦辰的犯罪嫌疑人的辩护律师。

罗谦辰，厨师，因为一起梦游杀妻分尸案被逮捕，案件即将进入庭审阶段。那个案子并不归我们负责，此时，罗谦辰的辩护律师打电话来又是什么目的呢？

我问："请问有什么事儿吗？"

贺尊在电话里说："我的委托人让我告诉你们，凶手的下一个抛尸地点是，城东广场。"

随后，贺尊便将电话挂断了。

我立马派人前去找到贺尊，并将他带到了支队。我和黄朗共同对其进行问话。

贺尊道："我的委托人在看守所里了解到了这个案子，我给他收集了关于这个案子的相关新闻材料，他看完之后，告诉我说，这个凶手是个严重的强迫症患者。"

黄朗笑了："你少扯淡啊，他都没到现场，连尸体都没见到过，就能分析出凶手是个强迫症患者？我告诉你，我们局里的犯罪心理学专家厉害吧？他都分析不出来，那做饭的厨子还能给分析出来了？"

贺尊道："报纸上刊登了三名被害人被遗弃在现场的尸体照片，不过都打上了马赛克。我联系上了那家报社，向他们要到了无马赛克的高清原片。我将那些照片给我的委托人看了，他看了那些照片后，便立马得出了凶手是强迫症患者的结论。"

我问："那你说说，他是如何得出这个结论的？依据又是什么？"

贺尊道："他要当面对你说。"

黄朗冷笑道："依据？依据就是他在扯淡！我劝你呀，哪里来的，回哪里去，我们现在忙着呢，没时间陪一个疯子玩这种无聊的游戏。老陈，你觉得呢？"

我想了想，然后说："我倒是觉得……可以去一趟。"

黄朗有点生气："老陈，你疯了？"

我耸了耸肩道："反正现在我们也毫无头绪，死马当活马医嘛。不妨试试看。"

随后，我和贺尊律师一起前往看守所。

这次，我没有带上黄朗：其一，重案组的工作需要一个能管事儿的监督者；其二，黄朗这人脾气火暴，而且对人总存在偏见，我怕带上他会影响这次与罗谦辰的会面。

在看守所的提审室里，我见到了罗谦辰。

这是我第一次见到他。

在我的想象中，一个杀掉自己妻子分尸之后，还把肉混在食材里做给客人吃的变态，不说长相奇丑无比，最起码也得是一副神经兮兮的样子。

但是，坐在我面前的这个穿着囚服的男人，却并不是我想象的那样。他看上去很沉稳，十分有修养，眼神很深邃，浑身上下都透露出一股能够掌控全局的气场。

看着他气定神闲的样子，我反倒有些紧张，就好像我们的身份一下子互换了似的，他就像是一个正在审讯我的警察，而我变成看守所里待审的囚徒。

我一时之间不知该如何开口发问，很少见地变得语塞了。

罗谦辰率先开口道："陈警官，此刻，你一定感到颇为疑惑。"

我问："那你说说看，我在疑惑什么？"

罗谦辰道："你在疑惑，自己为什么会来到这里。"

我耸了耸肩道："是你让我来的。"

罗谦辰微微一笑说："我没有让你来，是你自己选择了来到这儿，是答案让你来的。"

我道："所以，请你告诉我答案。"

罗谦辰喊了一声："贺律师。"

只见贺尊走了进来，将三张高清案发现场照片摆在了桌上。

我看着那三张照片："这是……那三名死者的案发现场照片。"

罗谦辰道："这就是答案。"

我盯着这三张照片，看了三秒，然后摇了摇头，将身子往椅背上靠了靠，深吸了一口气说："三个案发现场我都第一时间去过，案发现场的照片我也反反复复看过无数次了。我没看到什么所谓的答案。"

罗谦辰道："陈警官，其实很多时候，答案就在我们眼前，你我都能看到，只是你不知道你已经看到了答案。就像你不知道这个世界很有可能是假的。"

我被他故弄玄虚的话弄得有些发晕："告诉我，我忽略掉了哪些地方？"

罗谦辰道："法医在验尸的时候，应该已经测量过每一个被害人身体部位的详细长度了吧？"

我点了点头。

罗谦辰道："我从照片上目测，第一名被害人的净身高应该是 168 厘米，第二名被害人的净身高应该是 161.5 厘米，第三名被害人的身高是 175 厘米。"

我从手机里调出了法医的验尸报告，的确，罗谦辰的目测非常精准。

他接着说："第一名被害人叫……"

我道："沈雨嘉。"

他道："沈雨嘉的身高是 168 厘米，请注意，她的身体是被从肚脐眼拦腰截断的。那么从她肚脐眼往下一直到脚底的长度是多少呢？我目测应该是 105 厘米。"

我看着验尸报告，点了点头。

罗谦辰道："问题的关键在于，沈雨嘉尸体的上半部分和下半部分之间被隔开了多少呢？"

我道："当时的测量结果是 3 厘米。"

罗谦辰问："两个被截断的脊柱之间，扎了一根钢针？"

我点了点头说："一枚 4 厘米长的钢针，钢针将两个脊柱连在了一起。"

罗谦辰说："没错，钢针两端加起来一共扎入脊柱骨 1 厘米，外露的 3 厘米，将两部分尸体隔开。"

他顿了顿，接着说："那隔开的 3 厘米，相当于给被害人身体的上半部分即整体身高增加了 3 厘米，也就是说，增加后的被害人身高为 171 厘米。105 除以 171，等于多少？"

我掏出手机，点开计算器算了算，然后说："约等于 0.614。可是，这个数字，有什么意义吗？"

罗谦辰道："不要急，一个一个来。第二名被害人叫……"

我道："柯敏。"

罗谦辰道："她的净身高是 161.5 厘米，而从她的肚脐眼往下一直到脚底的身高应该是 101 厘米。"

我点了点头："没错。"

罗谦辰问："隔开了多少？"

我看了眼手机上的尸检报告，然后道："钢针 4 厘米，两端分别没入脊柱骨 1 厘米，也就是没入共 2 厘米，即外露 2 厘米，将尸体隔开 2 厘米。"

罗谦辰道："161.5 加上这 2 厘米，等于 163.5，101 除以 163.5，等于……"

我用手机算出结果："约等于 0.617。"

罗谦辰道："我想，你一定在疑惑一个问题，你和你的同事们，都在疑惑这个问题。那就是，为什么第三名死者没有被隔开，而是又被拼接在了一起？"

我点了点头道："你知道是为什么吗？"

罗谦辰道："你现在可以打电话问问法医，尸体是不是短了几厘米？"

短了几厘米？

我带着疑惑，拨通了龙敏的电话，电话那头，龙敏对我说："哦，是的，是短了，验尸的时候，我发现，死者尸体上半部分的脊柱，被截短了 2 厘米，因为根据脊柱骨的大小规律，上半身末端的脊柱骨的确少了 2 厘米，脊柱骨上也有被切割的痕迹，在测量死者实际身高的时候，我将这少掉的 2 厘米加了进去。嗯……当时之所以没说，是因为我以为是凶手在分尸的时候，手法不精细，不小心锯掉了一小部分脊柱，所以没有写进验尸报告里。”

我一下子怔住了，惊叹于眼前这个男人的洞察力：“你……是怎么发现的？”

罗谦辰没有理会我的问题：“死者原本身高 175 厘米，去掉 2 厘米，身高为 173 厘米，而死者从肚脐眼一直到脚底的长度为 106.5 厘米，106.5 除以 173，等于……”

我道：“约等于 0.615！”

罗谦辰问：“0.614、0.617、0.615，发现什么了吗？”

我依旧是一头雾水，看着这些精确到小数点后三位的数字，感到大脑一片混乱。

罗谦辰道：“人类身体黄金比例为从肚脐眼到脚底的距离 ÷ 头顶到脚底的距离 =0.618。”

我深吸了一口气道：“这三个小数，全都十分接近 0.618！”

罗谦辰点了点头道：“没错，这就是答案。”

我问：“凶手的目的，是要将这三名被害人的身体，变成黄金比例？”

罗谦辰道：“凶手对人体比例有着极高的要求，在这方面，他是一个完美主义者！”

我道：“也就是说，每一个人都有可能成为他的目标？”

罗谦辰摇了摇头说：“他是一个强迫症患者，什么样的东西最能勾起人的强迫症？”

我摇了摇头。

罗谦辰道：“一个九宫格，被填满了一个格子，还剩下 8 个是空的，会引起强迫症反应吗？显然不会。但是，一个九宫格，被填满了八个格子，只剩下最角落里的一个格子没有填满，这便会勾起一些人的强迫症反应，他们会很想将剩下的那个格子填满。”

我道：“你的意思是说，凶手所挑选的目标，是那些身体比例接近黄金比例的人？”

罗谦辰点了点头。

我道：“可是，你说凶手的下一个抛尸地点会在城东广场？这又是如何得来的？”

罗谦辰道：“凶手在按照黄金比例抛尸。”

我愣住了：“按照黄金比例抛尸？”

罗谦辰让贺尊将一张早已准备好的本市地图平摊在了桌面上：“第一个案发地点是在这儿，市中心的城中湖；而第二个案发现场，是在这儿，这片荒地刚好在城中湖的正东面，直线距离刚好 30 公里。”

他说着，用笔画了一条直线，将城中湖和荒地连了起来。

紧接着，他又指了指第三个案发现场所在：“这座废弃工厂，位于城中湖的正北面，直线距离刚好 20 公里。”他说着，又将城中湖和废弃工厂连了起来。

此时，我看到，地图上，城中湖到荒地，和城中湖到废弃工厂的两条直线，刚好呈 90 度直角相交在城中湖一点。

随后，罗谦辰又以荒地为起点，向北画了一条直线；以废弃工厂为起点，向东画了一条直线。

两条直线呈 90 度交会于一点，而那个点，刚好就在城东广场！

此时，罗谦辰相当于在地图上画了一个长方形。

我还是感到不解：“我不明白，这个长方形的意义是什么。你为什么确定，长方形右上角这个点，就是下一个抛尸地点呢？”

罗谦辰道：“很明显，凶手想要构建一个黄金四边形。”

我道："黄金四边形？"

罗谦辰道："长宽比为3：2的四边形，为黄金四边形，是符合黄金比例的四边形！如果凶手是一个对黄金比例有苛求的强迫症患者，那么，他抛尸的方案也一定是符合黄金比例的！这就像是某个他一定要完成的仪式！所以，我认为，下一个抛尸地点，一定就在城东广场！"

我问："你认为，这个疯子会是一个什么样的人？"

罗谦辰道："我无法给你一个详细的心理画像，但我能够确定，凶手本身一定是一个拥有黄金比例身材的人，不然，他会连自己都无法容忍。"

离开了看守所，我回到局里，将自己和罗谦辰的整个谈话过程叙述了一遍，不出所料，黄朗听罢之后，认为罗谦辰完全是在鬼扯。而我则认为，反正我们此刻毫无头绪，倒不如死马当活马医，于是便安排人提前在城东广场进行了秘密布控。

两天后的那个夜里，城市里又下起了暴雪，按照凶手的抛尸规律，如果罗谦辰的分析是正确的，凶手便一定会来到城东广场抛尸。

广场的好几个点都有我们的同志埋伏，我和黄朗坐在广场西南侧角落里的一个小面馆里。透过面馆的窗户，可以清晰地观察到整个广场的情况。

夜里 11 点的时候，面馆要打烊了，我和老板说明了情况，警方办案，所以老板将店留给了我们，便独自离去了。我们将店门关闭，并且熄了灯，假装店里已经无人。窗户上蒙着一层水雾，这起到了更加良好的隐蔽效果。我和黄朗轻轻擦掉了眼前的一小块儿水雾，紧张地注视着广场上的情况。可是，一直到了凌晨1点，还是没有见到可疑人物出现，只有漫天的飞雪和地上白茫茫的一片。

黄朗有些不耐烦了，他不停地在抽烟，抽完了剩下的半包烟，他将烟头扔掉，不耐烦道："老陈，今晚肯定没戏，我就说那厨子是在扯淡。"

我深吸了一口气道："再等等，沉住气！"

我俩一直等到了凌晨2点，果然，风雪中有了动静。只见一个身穿黑色羽绒服大衣的人，拖着一个黑色的裹尸袋，缓缓来到广场中央。待到他蹲下身，正要拉开裹尸袋拉链的一瞬间，我立马冲着对讲机大喊道："行动！"

随后，我和黄朗冲出了面馆，其他的同事也全都从四面八方朝着广场中央涌去。

而令我和黄朗都感到诧异的是，那个穿着黑色羽绒服大衣的男人，明显已经看到我们朝他冲去，而他却对此无动于衷，也并没有逃跑的打算。只见他依旧自顾自地将裹尸袋的拉链快速拉到底，然后从里面小心翼翼地抱出一具浑身赤裸的女性尸体，将其仰面朝上，平放在了雪地上。

我们来到他跟前的时候，他已经跪在了雪地上，跪在了那具尸体前。只见他双眸紧闭，面朝着天空的方向，面带着微笑，仿佛是在享受着这一刻，又像是在等待着某个神明的降临。

最后，我们将他摁在地上，给他反手铐上手铐，他都没有丝毫挣扎，一切看上去都很平静。大雪纷纷地下着，整个世界只剩下黑色与白色，全部的声音都被大雪淹没了，就像是一部无声的默片，在缓缓地播放着。

我们将人带到了局里，凶手很年轻，看上去不到30岁。而且果然如罗谦辰说的那样，这个男人的身材比例看上去特别好，简直可以当模特。我们现场对他的身体进行了测量，果然，得出了十分接近0.618的黄金比例的数值。

审讯一直持续到天亮，但是，这个男人只是坐在审讯室里，不肯回答任何问题。黄朗急得几乎就要动手打人，但是被我拦住了。

尸检报告也在当天中午得出，该名死者的遇害方式和之前三位死者如出一辙，也就是说，这个男人的确就是这起连环杀人案的真凶。

但男人始终不肯开口，我安排人，务必尽快调查出他的身份。

随后，我立马联系了看守所，要求见罗谦辰。

当天下午2点，我来到看守所，在会面室里，我又一次见到了罗谦辰。一见面，我便兴奋地对他道："我们抓到凶手了。"

罗谦辰点了点头道："我知道。"

我道："你的推理都是对的，那个凶手果然是在参照黄金比例杀人抛尸，我们在城东广场抓到了他，当时他正在抛尸。"

可罗谦辰听罢，只是平静地看着我，那双深邃的眼眸仿佛两个巨大的旋涡一般，要将我彻底吸入。

过了一小会儿，罗谦辰终于淡淡地开口道："凶手什么都不肯说？"

我惊讶道："你是怎么知道的？我们已经对他进行了长达九个小时的审讯，结果什么也没问出来，他一直不肯开口。"

罗谦辰道："他还沉浸在自我陶醉中。"

我道："自我陶醉？"

罗谦辰道："他刚刚完成了一件绝美的艺术品，任何一个艺术家都会在完成一件自己满意的作品后，自我陶醉上好长一阵子。”

我道：“你管这叫艺术品？”

罗谦辰道：“我只说，对他而言。”

我道：“如何才能让他开口？”

罗谦辰沉默了片刻，然后道：“带他来见我，我可以让他开口。”

“不行！绝对不行！”这是局长给我的直接答复。当我将罗谦辰的话汇报给我市公安局杨局长的时候，他几乎没有任何犹豫地拒绝了我的申请。

杨局在办公室里严厉地批评了我：“小陈，你到底在想些什么乱七八糟的？让一个疯子去审讯另一个疯子，你在跟我开什么玩笑？！以后，这种事情，最好提都不要向我提起。小陈，你是很有前途的，不要犯些不应该犯的低级错误！”

我辩解道：“可是杨局，就是您口中的这个疯子，他帮助我们抓到了真凶。”

杨局拍案而起，怒斥道：“你有没有考虑过社会影响？让一个还在审理过程中的杀人犯去审另一个杀人犯，媒体知道了，会怎么写，你清楚吗？”

我道：“那就别让媒体知道……”

杨局很不耐烦：“出去，你给我出去！不准再提这件事情！”

我离开了局长办公室，对于局长的态度，我有些不满，但也表示理解。的确，这样做风险巨大，且不存在先例。

况且，此时此刻，在一系列的证据面前，凶手即便什么也不说，法庭也足够判他死刑了。

当天晚上，我和黄朗实在撑不住，就各自回家休息去了。第二天一早，我派了两名警员去拘留室，将凶手押送至审讯室。可是，那两名警员刚去没多久，其中一名警员就神色慌张地冲进我的办公室，请我务必跟随他到拘留室一趟。

我跟随他前往，这才知道这名警员为何如此慌张。只见那名凶手，浑身赤裸地仰面躺在拘留室冰凉的地板上，双臂和双腿张开，呈现“大”字形。而他，则用血，在地板上画了一个巨大的矩形，从长宽比来看，这个矩形，正好是黄金四边形。而凶手则躺在四边形的中央，一动不动。我注意到，他右手的手指被他自己咬破了，他便是用流血的手指在地上画了一个黄金四边形。

这就像是某个仪式一般。

我立马命人对现场的情形进行拍照，随后，我去了趟看守所，将照片递给了罗谦辰。

罗谦辰看完照片后，态度平静地对我道：“城中湖，并不是这起连环杀人分尸案的第一案发现场，沈雨嘉也不是第一个被害人。”

我道：“你说什么？你的意思是说，还有一具尸体没有被发现？”

罗谦辰道：“是的，凶手在拘留室里的做法，实际上是在回味自己的艺术品。”

我道：“你是说，他是在重现犯罪现场？”

罗谦辰点了点头道：“是的，陈警官，凶手躺在黄金四边形的中央，这已经足够说明问题。”

我说：“你的意思是说，真正的第一案发现场，是在那四具尸体所连成的黄金四边形的中央？”

罗谦辰点了点头，不再继续说话。

我立马在地图上找到了“黄金四边形”中央的位置，然后调集警力，赶往那里。那里是一片荒地，此时，荒地上的雪将融未融，有些地方已经露出了斑驳的黑色泥土，阴郁的天幕中，硕大的白色云团静静地悬挂在那里，而云团的阴影下，一幢仿佛被这个世界彻底孤立的、破旧的双层小楼矗立在那里。看上去，就像是一幅印象派的油画。

我和黄朗领着同事们，朝那幢小楼合围了过去，我们进入小楼，将一楼和二楼全都搜了个遍，但是，连半个人影都没有发现，这个小楼看上去已经很久没有人居住了，这里早已经人去楼空。

就在我们准备离去的时候，黄朗突然在一楼发现了异样。只见他快步走向一个电视柜（上面的电视早已经被搬走），他将电视柜用力推开，露出了下面的一块正方形的木板。他蹲下身，敲了敲木板，从声音可以判断出，下面是空的。

于是，我们撬开了木板，发现了一个向下的楼梯，显然，下面是一个隐藏的地窖。我们顺着楼梯下去，来到了地窖当中。

地窖里阴暗无光，我们所有人都亮着手电筒，很快，所有的手电筒灯光全都聚焦到了同一个点。

只见地窖阴冷潮湿的地板中央，有一个凹陷下去的水池。水池里注满了浑浊的液体，从气味可以闻出，那是福尔马林。水池中平躺着一具尸体，由于泡了福尔马林，所以尸体只有轻微腐败，我们可以认出，那是一具男性尸体。

而这具尸体的形态非常奇怪，因为，他和普通的人体结构不同，他有两双臂，两双腿。

男人的其中一双腿，笔直并拢；而另一双腿，朝着两侧对称展开。

而他其中的一双臂，朝着两侧水平伸展，与肩平齐；而另一双臂，同样笔直对称展开，但朝头顶方向上扬，与水平方向形成一个不大的夹角。

整体看上去，就像是一个浑身裸体的男人，既摆出一个“十”字，又摆出了一个“大”字，同时还摆出了一个“火”字，整体看上去，又像一个“米”字。

那一刻，我捂着嘴巴，不由自主地在心里念出了那个名字：“维特鲁威人！”

死者的形态和姿势，和达·芬奇的著名画作《维特鲁威人》简直一模一样，而《维特鲁威人》，正是人体黄金比例的完美诠释！

下午的时候，验尸结果出来了，龙敏一边吃着速食火锅，一边在解剖室里为我们讲解验尸结果：“死者是一名男性，年龄在28岁左右。死因和之前一样，是被勒死的，窒息死亡，由于尸体做了防腐处理，所以无法判断具体死亡时间。别的不说了，下面是你们最关注的重点。很显然，正常人类，是不可能拥有两双手臂和两双腿的，当然，也不排除基因变异，但这种概率很小。”

黄朗不耐烦了：“少废话了，这还要你说？来点关键的，不然要你何用？”

她冲他翻了个白眼，然后指了指那多出来的四肢根部与躯体的连接处：“它们是被凶手用手术缝合用的线，强行缝在死者身体上的。根据比对结果，这多出来的手臂和腿，都来自同一个人，是一个男人，从骨龄判断，这个男人的年龄，应该不超过30岁，至于这个男人是谁，就是你们需要调查的事情了。”

也就是说，受害者，并不只目前已被发现的这五个，还有一个不知所终的年龄接近30岁的男人，而这个男人，被凶手残忍地砍掉了双臂和双腿。

那个男人现在在哪儿？是活着，还是死了？

我们在审讯室里，向凶手问出了这个问题，出乎意料的是，凶手这回竟然开口说话了，他冲着我们冷冷一笑道："他还活着。"

我和黄朗都感到震惊。

我立马问道："他在哪儿？"

凶手只是摇了摇头道："我想见见那个人。"

我问："谁？"

凶手道："那个带你们找到这具尸体的人。"

我和黄朗互相看了看，心里想，他是怎么知道的，但是，我们并没有说出来。黄朗拍了拍桌子，大喝道："少废话！老实交代！人现在在哪儿？"

凶手又摇了摇头道："带我去见他，见到他，我才肯说。"

之后，他便继续保持绝对的沉默。

我没了办法，只好冒着被杨局骂的风险，把这事儿原原本本地向他汇报了一遍。没想到这次，他并没有拍案而起向我怒斥，而是陷入了漫长的思考中。这起案子给了他极大的压力，上级要求他，必须在未来10日内破案，从速从快，他也向上级做了担保，如果案子破不了，他就只能引咎辞职了。

经过漫长的思考之后，杨局终于开口了，他同意让凶手和罗谦辰见面，但必须在我的全程陪同下。

当天晚上，我便带人将凶手押送到了看守所，并且安排了他和罗谦辰的会面。

二者在一张长桌前相对而坐，之间隔开 3 米远的距离，他们的双手和双脚都用镣铐固定住，但是双手保留了半径不超过 10 厘米的活动空间。

二者身后，还分别站着两名荷枪实弹的狱警。

而我，则坐在他们二者之间的桌面一侧。

凶手见到罗谦辰，忍不住开口道：“我听说过你，是在新闻上。你是那个杀妻分尸的厨师？你妻子吃上去，味道如何？”

罗谦辰保持着他一贯的儒雅气息，平静道：“实际上，我并没有吃。”

凶手笑了起来，露出难以言表的兴奋感：“你跟我是同类人，所以你才会对我如此了解，果然，也只有你能够理解我。”

罗谦辰道：“后半句是对的，但我和你，并不是同一类。”

凶手道：“但你猜透了我的想法！”

罗谦辰微微一笑道：“你的想法并不难猜，一切看上去就是那样明显，而我所做的，只是细心观察，然后做出合理的思考，便能导出正确的结论。”

凶手冷笑起来：“那你觉得，我为什么要这么做？”

罗谦辰耸了耸肩道：“强迫症。你有很严重的强迫症，你对人体比例十分敏感，一旦见到身体比例接近黄金比例，但又不是黄金比例的成年人，你就会浑身难受。直到最近，你终于忍受不了这种折磨，于是开始了对他们的改造。”

凶手听罢，笑了起来，这次不是冷笑，而是一种讥讽的嘲笑：“没错，正如你说的，我们果然不是同一类人，你只是碰巧猜对了我的行为方式，但是，你却并不明白，我为什么要这样做。”

罗谦辰突然定定地看着凶手的眼睛，那种眼神能让人浑身发毛，仿佛能够击溃一切的心理防线，他笃定道："我当然知道你的想法！你是在完成一个仪式！当你完成这个仪式的时候，你整个人都得到了升华。你变成了某种……某种超脱于人的存在。"

凶手一下子愣住了，他的眼神闪烁着，像是找到了知音一般，过了好一会儿，他深吸了一口气，开口道："罗先生，愿意听我讲个故事吗？"

"罗先生！"

出乎我意料的是，他竟然用"罗先生"这样的尊称来称呼罗谦辰。看来，罗谦辰的确已经完全掌控住了局面。

罗谦辰点了点头，看上去就如同教父在同意教子的请求一般道："当然愿意。"

凶手开始讲述他的故事："在我很小的时候，我便喜欢观察周遭所有的事物。我发现，在这个世界上，隐藏着一条被我们忽视的规则。"

罗谦辰道："我想，你所说的这个规则，便是黄金比例？"

凶手道："我的父亲，是一个高中数学老师，他特别痴迷于蝴蝶，因此收集了大量的蝴蝶标本。他告诉我，这些蝴蝶全都符合黄金比例，黄金比例是这个世界上最美的东西。那是我第一次接触到'黄金比例'这个词。很快，墙壁上的蝴蝶标本越来越多，可是墙壁的中间部分，却空出了一大块。我经常问父亲，为什么不将这一大块空白填满？父亲却凝视着墙壁上的空白，笑而不言。直到有一天，当我放学回到家里的时候，却发现，父亲浑身是血，站在那面挂满蝴蝶标本的墙壁前，呆立着，一动不动，他的目光凝视着墙壁。而墙壁上的那块空白，已经被填满了，那是一只巨大的蝴蝶标本。我看到我母亲被悬挂在墙壁上，她背上的皮肉被剥开，制作成蝴蝶双翼的形状向两边张开。我的母亲，就像一只美丽的蝴蝶，被父亲制作成了标本挂在那里。很快，父亲被警察带走了，判了死刑，我一下子失去了父母，成了孤儿。”

我道：“所以，是少年时的阴影导致你变成了这样？”

凶手并没有理会我，而是接着说：“由于我高考成绩全省第一，所以，大学为我提供了全额奖学金，免掉了我的学费。政府在这方面对我的保护还是非常到位的，大学里没有人知道我家里的情况，所以，我的大学生活并没有受到任何影响。我大学学的是数学，这大概也是受到父亲耳濡目染的结果。数学当中，有一个著名的数列，名叫斐波那契数列。”

罗谦辰道：“1、1、2、3、5、8、13、21、34……”

凶手点了点头道：“它又被称为黄金分割数列。而在我们这个世界上，有太多自然生长的东西，符合这个数列。无论是树木的生长规律，还是许多花瓣的数目，向日葵的种子排列，鹦鹉螺的曲线，甚至是台风的螺旋，以及宇宙星系的螺旋结构，也全都可以找寻到黄金分割数列的特征。”

罗谦辰道：“所以，你想表达，整个宇宙都是依照黄金分割数列的规则而构建和运转的？”

凶手道：“没错，我一直都在想，也许整个宇宙的结构，就是一个黄金分割数列螺旋。直到有一天，我遇到了一个人，他让我笃定了这一点，让我知道，宇宙就是依照斐波那契数列的规则建造的。”

我问：“那个人是谁？”

凶手露出了邪魅的笑：“上帝。”

我愣住了："你说什么？！上帝？这是个比喻吗？"

凶手摇了摇头，道："那个人就是上帝，是他构建了整个宇宙。"

罗谦辰对凶手道："其实，我就是上帝。"

我看向罗谦辰，心说，这家伙难道也疯了吗？不！他本来就是一个疯子！

凶手冲着罗谦辰笑了："你不是。"

罗谦辰道："你看，我说我是上帝，你是不相信的。那你怎么能够肯定，那个人一定就是上帝？他是如何让你相信他的？"

凶手道："一开始，我也不相信，那个人便让我站在了一面镜子前。随后，他打碎了那面镜子，结果，镜子里的我并没有消失……"

我道："为什么？"

凶手道："因为，镜子里的我，活生生地站在了我面前。"

我感到难以置信："你是说，出现了一个一模一样的你？"

凶手点了点头。

我道："这不可能！"

而罗谦辰却对凶手道："那么此刻的你，是镜子外的你，还是镜子里的你？"

凶手神秘地笑了笑，然后道："这并不重要，重要的是，我杀掉了另一个我。"

我问："那另一个你的尸体呢？"

凶手道："尸体当然被我处理掉了。但重要的是，从那一刻开始，我便相信，我遇到的这个人，就是真正的上帝！因为只有上帝才能做到这一点！"

我问："上帝找你做什么？"

凶手露出了得意的神色："他希望我成为他的助手，帮助他构建新的宇宙。"

罗谦辰道："我明白了。"

凶手诧异地看着他："罗先生，你明白什么了？"

罗谦辰道："你所做的这一切，都是你口中那个所谓的上帝要求你做的，这个仪式，是上帝对你的考验？"

凶手再度兴奋起来，语调里充满了难以遏制的喜悦："罗先生，我就知道，我就知道，你是最能够理解我的人！上帝是在考验我，是否具备构造一个能够让他眼前一亮的黄金比例结构的能力。于是，我便想到了黄金四边形和维特鲁威人的结合。同时，我还别出心裁地让上帝看到了我的改造能力，我将那四名接近黄金比例身材的女人，改造成了黄金比例！"

罗谦辰道："所以，你通过了上帝的考验。"

凶手点了点头道："我已经是上帝的助手了。"

我问："那你能不能带我见一见上帝？"

说着，我给罗谦辰使了个眼色，但罗谦辰并不为之所动，只是静静地凝视着前方。

凶手冷笑起来，眼神轻蔑地对我道："你没有资格见到上帝！"

随后，他便要求离开看守所，我们只好让警员将他带走。他离开后，我对罗谦辰说："可惜，他还是没有说出那名受害人在哪儿。"

罗谦辰冲我微微一笑，没有说话，但我总感觉，他的笑容里隐藏着什么深意。

我道："他有妄想症。"

罗谦辰道："显而易见。"

我道："疯子的动机看上去总是这样奇怪，我以前就接触过一个有精神疾病的杀人犯，你知道他杀人的动机是什么吗？"

我顿了顿，摊了摊手："毫无动机，他说，他脑子里有个声音让他去杀人，于是，他就去杀人了。还有一个案子，发生在某市的一家连锁快餐店，一个女人被打死了，而凶手在庭审的时候，宣称自己是神的使者，而那个女人是邪灵，他说自己是神派来铲除邪灵的。很多时候，我实在无法理解这些疯子的想法。"

而罗谦辰只是凝视着凶手被带走的方向，没有说话。过了好一会儿，我看到他嘴唇嚅动，仿佛入迷了一般，来了这么一句模棱两可的话："这个世界是假的。"

我不确定自己是否听清，于是问："你说什么，这个世界是假的？"

罗谦辰微微一笑道："没什么。"

很快，我们将所有的证据提交给了检察院，检察院正式对本案的犯罪嫌疑人提起公诉。在法庭上，被告的辩护律师要求对被告进行精神鉴定，因为被告可能患有妄想型精神分裂症。可是，却被被告拒绝了，在法庭上，法官问被告："为什么拒绝？"

被告说："我承认全部罪行，我请求法官判我死刑。"

法官问："你请求法庭判你死刑？为什么？"

被告露出了笑容："我想尽快随上帝而去。"

最后，法官落锤，凶手被判处死刑并立即执行。

可是，我们还是没能找到那名受害人，受害人的身份也一直是一个谜。

凶手被执行死刑后，最后的验尸工作，是龙敏负责的。那天下午，我接到龙敏的电话，让我去解剖室一趟，说她发现了一件特别奇怪的事情。

到了解剖室，龙敏撩开覆盖在凶手遗体上的白布，指了指凶手左腿外侧的一道疤痕。那道疤痕呈闪电状，凸起非常明显。

龙敏道："当时，我看到这块疤痕的时候，愣住了，因为，这块疤痕，我在另一个地方也见过。"

我问："在哪儿见过？"

龙敏领着我来到旁边的冷柜，她拉开其中一个抽屉，从里面取出了一条腿，她道："这是从那位'维特鲁威人'身上取下的被缝上去的那条右腿。"

她指了指右腿外侧，我能够清晰地看到右腿外侧皮肤上的那道闪电状的疤痕。

而后，我们对比了凶手遗体左腿上的疤痕，无论是形状大小还是位置，全都一模一样。

怎么会这样？

世界上怎么会存在完全相同的两块伤疤？

即便是用相同的磨具烙印上去的，最后在皮肤生成伤疤组织的时候，也会发生差异。而这两块伤疤，完全一模一样，所有的细节都是一致的！

我突然想起了在看守所里凶手的描述，他说，上帝让他站在一面镜子前，镜子被打碎后，这个世界上出现了另一个他。

而镜子里的人和现实中的人是刚好左右对称相反的。

难道说……

我想让龙敏帮我验一验二者的DNA，可是还没来得及开口，就被杨局一个电话叫到省厅开会去了。这会一开就是一个星期，我也就把这事儿给忘记了。

当我回到局里的时候，终于又想起这事儿，可是，凶手的遗体早已经被送去火化了，只剩下骨灰，而骨灰是无法提取DNA的。

这个案子，也便到此告一段落，而我很快便投入到了新的案件调查中。

第二个案例

羔羊不再沉默

“维特鲁威人”案之后不久，罗谦辰的庭审也结束了，一审被判处死刑，缓期两年执行。他并没有上诉，之后便被转移到了专门关押重刑犯的高戒备监狱。

不知为何，我竟然毫无目的地去监狱看望他，也许是为了感谢他协助我们抓到了“维特鲁威人”案的真凶，也许是因为他浑身上下散发着一种独特的魅力。总之，在那个阴雨连绵的下午，我来到了那座监狱，在会面室里，见到了罗谦辰。

我们之间虽然隔着防护栏，但气氛却是比较轻松的。

我开始寻找话题：“很早以前，我看过一部电影，电影的名字叫《沉默的羔羊》，不知道你看过没有？”

罗谦辰点了点头，儒雅的眼神中隐藏着敏锐的洞察力，他嚅动着嘴唇道：“我知道你想说什么，你想说，我很像汉尼拔？”

我道：“是的，我仔细看过你的案卷，你在梦游中杀了自己的妻子，并将她分尸，然后还做成了食物……”

罗谦辰道：“你弄错了，我和汉尼拔有本质区别，我分尸，但我从来不吃人。而汉尼拔，却吃人成性。”

我尴尬地笑了笑道：“我怎么知道你没有吃呢？”

本以为这个问题会冒犯到他，没想到他却微微一笑，显得那样不以为然："就像我没法证明，自己是在梦游中杀掉自己的妻子一样。"

我觉得他的话很有深意，但又捉摸不出深意隐藏何处，于是思虑了片刻，深吸了一口气道："其实这次来，是特地来感谢你的，感谢你帮助我们抓到了那个案子的真凶。"

罗谦辰道："你不应该感谢我，你应该感谢那位记者。"

我愣住了："记者？"

罗谦辰道："一个采访过我的记者，我是在帮他，而不是在帮你。"

我道："能告诉我，那位记者是谁吗？"

罗谦辰耸了耸肩，什么也没有说。

我问："你为什么要帮他？这个案子和那位记者有什么关系？"

罗谦辰道："其中一名死者，是他的初恋女友，他参与了这起案件的报道，我感觉，他应该很痛苦。"

我道："所以，你不希望看到他那么痛苦，于是帮助我们将凶手绳之以法？"

罗谦辰露出了看似暧昧的笑，但那种感觉似是而非，他没有继续说话，直到探视时间结束，他在狱警的陪同下，转身离去。

半个月后，当我再度见到他的时候，是带着一份案件资料来的，这个案子，被我形象地命名为"羔羊不再沉默"。

就在我结束对罗谦辰的探视后不久，"羔羊不再沉默"案便爆发了。案发现场，是在郊区的一幢独栋别墅内。那天上午，整座城市都在下着暴雨，我和黄朗还未下警车，便能够嗅到隐藏在这湍急雨流中的血腥气息。

整幢别墅早已被赶到现场的民警封锁，我们穿越封锁线，进入别墅中。别墅一共三层：第一层是客厅、饭厅、厨房和洗手间；第二层是两间次卧和一间书房；第三层是一间主卧和一个储物间，主卧自带洗手间，外面是一座露天花园阳台。

我和黄朗走进客厅，便看到一个男人仰面倒在地板上，他的脖子上有一道深深的刀痕，血飞溅得到处都是。

我们顺着楼梯，走向二楼，发现一个女人赤身裸体地倒在了二楼通往三楼的楼梯上，身体扭曲成了S状，浑身血肉模糊，看不清到底中了多少刀。

左侧的那间卧室内，一个女人，同样赤身裸体仰面躺在床上，同样遭遇割喉，血迹溅满了整间卧室。

我们去了三楼，三楼格外平静，似乎什么也没有发生。

在调查完三名死者的身份后，我们得知，那名男性死者，是这幢别墅的主人，名叫尹正，40岁，在一家外企当高管。

死在二楼通向三楼楼梯上的女人，是这幢房子的女主人，也就是尹正的妻子，名叫付丽，38岁，无业，全职太太。

而那名死在二楼左侧卧室床上的女人，是付丽的闺密，名叫徐薇，38岁，无业，是一个富二代，父母共同经营一家上市公司，单身。

而尹正和付丽有一个13岁名叫尹雪的女儿不知所终，我们去了尹雪就读的那家初级中学，老实说，尹雪今天并没有到学校上课，也没有请假。

我们只能判断，尹雪可能已经被凶手绑架，不排除遇害的可能。我们立马调集警力，搜寻尹雪的下落。

三名死者的遗体很快被送到了市局法医鉴定中心的解剖室，负责验尸的，依旧是龙敏。

那天傍晚，我和黄朗来到解剖室的时候，龙敏刚刚结束验尸工作，正在吃泡面。

黄朗调侃道："鲜虾鱼板面……哟，今天怎么吃得这么清淡啊？不吃火锅啦？"

龙敏不耐烦道："你有完没完？我吃个泡面招你惹你了啊？"

黄朗道："啧，你这突然重口变清淡，转性转得这么快，有男友啦？"

龙敏道："滚蛋，你怎么这么八卦？上火不行吗？"

我必须打断他们二位这种每次见面必须进行的无休止、无意义的争论，于是道："好了，我们是来拿验尸报告的。"

龙敏放下手里的泡面，领着我们来到最靠外的那个解剖台前，上面躺着的，便是别墅的男主人尹正。

龙敏道："正如你们所见，死者的死因是遭到利刃割喉，导致颈部大动脉大量出血，最终失血过多休克而亡。从刀痕的方向与角度来看，凶手应该是在死者身后，用右手，从左向右，横向切割，将死者割喉，伤口长度 8 厘米，深度 3.5 厘米。伤口是由下向上拉，由斜角来看，推测凶手身高至少高出死者 5 厘米。死者身高为 175 厘米，所以，凶手身高应该超过 180 厘米。死者身上没有发现过多搏斗留下的痕迹，推测凶手应该是突然出现在死者身后，乘其不备，将死者一刀毙命。而且……凶手把这名死者变成了太监。死亡时间，是在今天凌晨 1 点到 3 点。"

随后，龙敏领着我们来到了第二个解剖台。这个解剖台上，躺着的是尹正的妻子付丽。

龙敏道："这名女性死者，经过我的仔细检查，在她的身上，一共发现了九处刀伤，其中两处，扎在了死者的右腿上，大腿和小腿上各一处，大腿的刀伤位于外侧，小腿的刀伤位于腓肠肌……也就是我们俗称的腿肚子的中央。在死者的背上，一共发现了四处刀伤，刀伤比较错乱，没有明确排列规则。还有两刀，扎在了死者的腹部，最后一刀，割喉。死者的指甲有破损，推测是在爬行中造成的。也就是说，当时，死者与凶手发生了搏斗，凶手先正面捅了死者腹部两刀，死者试图逃跑，在逃跑过程中跌倒。她想下楼，但是凶手堵住了退路，于是，她只好向楼上爬。这时，凶手跟上，朝死者右腿连扎两刀。又朝死者背部连扎四刀。最后，将死者割喉。同样，在死者身上发现了性侵痕迹，并提取到了精斑。凶手用刀割烂了死者的私处。”

随后，龙敏领着我们来到了最后一个解剖台前："死者为付丽的闺密徐薇，被发现时，死在卧室的床上。死因和尹正一样，被割喉导致颈部大动脉断裂失血休克而亡。和尹正不同的是，该名死者，是被正面割喉，切割方向，从死者的右侧往左，角度从下往上倾斜。推测，凶手是在一个比死者低的方位，突然从正面用右手向上挥去，将死者割喉毙命。也就是说，凶手当时，也在床上。同样，我们也在死者身上发现了性侵痕迹，并提取到了精斑，私处同样被割烂。”

龙敏说罢，拍了拍手道："好了，剩下的就是你们的工作了。”说完，她将两份详细的尸检报告递给了我们，然后转身吃泡面去了。

而我和黄朗当务之急，就是要找到尹雪的下落。由于案发现场是郊外的独栋别墅，属于自建的形式，位置靠近山麓，比较隐蔽，周围没有其他邻居，也没有监控录像，所以，我们无法获得任何目击证人和监控录像信息。我们根本无法判断，凶手究竟挟持着尹雪往哪个方向逃跑了。目前我们所能知道的线索也非常有限，法医从精斑中提取到了DNA，由于我国并没有完善的DNA刑侦数据库，所以，从DNA我们无法得知凶手的身份。

目前，我们只知道凶手是一个身高≥180cm的男性。我们能做的，就是派遣大量警力，到案发现场附近的村庄中挨个儿排查，并且提取每一位男性村民的DNA，可是比对之后，没有一个吻合。

一周过去，我们依旧没有凶手和尹雪的任何下落，所有人都感到焦头烂额。

杨局因为“维特鲁威人”案最终也没能找到那名失踪的被害人，从省厅回来后，就被降级调到市下面的一个县公安局了。新来的局长是直接从厅里调来的，之前在厅里当副厅长，叫王国伟。新局长刚刚到任，市里就发生如此重大的案情，自然是新官上任三把火。他要求我们在未来三天内，必须找到凶手和失踪受害者尹雪的下落。

不得已之下，我只好再次来到监狱，寻求罗谦辰的帮助。

罗谦辰看了看我手里的案卷材料，一脸淡然地看着我道：“你觉得，我为什么要帮你？”

我道：“因为现在，也只有你能够帮我了，你知道，时间越久，这个13岁小女孩遇害的可能性就越大！”

没想到罗谦辰说了句听上去很无情的话：“可是，这是你们的事情，和我似乎没有任何关系。”

的确，这是我们警方的事情，这个13岁小女孩和他非亲非故，他着实没有任何理由帮助我们破案。罗谦辰毕竟是一个杀妻分尸的疯子，绝不是圣母那一类，看得出，他是非常讨厌圣母的。

那么，现在对他最有利的是什么呢？

我突然想到：“如果你帮我们破案，可以获得减刑的机会。”

罗谦辰不以为然："然后呢？"

我道："你现在可是死刑缓期两年执行，我们可以为你争取撤销死刑，减刑为无期徒刑，甚至可以减更多！只要你有立功表现，我们肯定……"

罗谦辰微微一笑："活着或是死了，有什么区别呢？被关一辈子，又有什么意义呢？即便能够从这里出去……你觉得，我在乎这个吗？"

我有些束手无策："那你究竟想要什么？"

罗谦辰又笑了，他似乎是被逗乐了："陈警官，现在是你想要什么，而不是我想要什么。"

我愣住了，这话不知道该怎么接下去，因为我知道，跟这种人，谈论一切法律和道德都是毫无用处的，他只会觉得那很幼稚，因为他似乎从来都不站在正义那一方。正义？只是我们定义的名词而已，和邪恶有很大区别吗？我能想象到他会这么说。

我问："那你之前为什么要帮我们？"

当我问出口的时候，才意识到这个问题很傻。

罗谦辰道："我已经说过了，因为他。"

我道："那个记者？"

罗谦辰点了点头。

我道："上次你提到某位记者，我特意调查了一下，得知有一位名叫方洋的记者采访过你，我猜就是他。我特地看了他的报道，他在进行一项关于梦游症患者的专题采访，而他的第一个采访对象，便是你。那次采访后没多久，你就因为涉嫌杀妻被逮捕。据我所知，你和他，只有那一次采访的短暂会面。严格来说，你们并不算认识，你为什么会对他这么……"

罗谦辰道："情有独钟？"

我尴尬地笑了笑说："抱歉，我一下子找不到合适的词汇去形容。"

罗谦辰道："因为他很重要。"

我道："你知道，他在采访过程中，遇到了一些困难，有些地方，他不被批准进入；有些患者，他不被允许接触。但是，我们可以打通这层渠道，暗中打通，只需要你配合我们的工作，我甚至可以派人暗中保护他，因为你知道，采访有时候也是很危险的。"

罗谦辰沉默了片刻，过了一会儿，他嚅动嘴唇道："陈警官，老实说，你给出的这个条件，的确非常具有诱惑力。"

我道："那你愿意接受这个条件吗？"

罗谦辰道："凶手会自首的。"

我知道，他接受了！

我问："为什么？"

罗谦辰道："关于犯罪现场，你是怎么分析的？"

我道："很显然，凶手通过某种方法，进到了那幢别墅里，然后用刀胁迫两名女性被害人，对她们实施侵犯。在此过程中，其中一名女性逃跑，于是，凶手用刀将正在被其侵犯的那名女性割喉，而后追出房门，在楼梯处杀掉了那名逃跑的女性。我们调查到，别墅的男主人那天加班到凌晨 1 点，回到家后，被早已潜伏好的凶手一刀割喉。随后，凶手挟持尹雪离去。"

罗谦辰没有对我的分析做出评价，而是问我道："凶手为什么没有当场杀掉尹雪？"

我道："一开始我们做出过尹雪逃跑的假设，但这肯定不成立，尹雪如果逃跑，为什么不来报警？所以，尹雪只有可能被凶手抓走了。

至于他为什么没有将尹雪当场杀死，不排除他临时起意，将尹雪抓去当奴隶的可能！嗯……奴隶……你懂我意思吧，我不想把那个词说得过于直接。”

我原以为罗谦辰会赞同我的分析，因为这个分析结果是得到整个专案组认可的。

可令我万没想到的是，罗谦辰却在沉默数秒后，语出惊人道："凶手才是你口中那个所谓的奴隶！"

窗外，雨骤然下大了，雨声如潮汐般涌来，将周遭的一切淹没，而我的耳畔只剩下罗谦辰那惊人的话语在回荡着："凶手才是那个奴隶！"

一连串的雷声轰鸣过后，我怔住良久，终于开口道："你是如何得出这个结论的？"

罗谦辰道："你给我的尸检报告上，并没有写死在床上的那名女性身上有任何反抗或者搏斗过的痕迹，对吗？"

我点了点头道："的确没有。"

罗谦辰道："被侵犯过程中为什么没有任何反抗？这不符合常理。现场衣物有被撕扯的痕迹吗？"

我道："衣物都很完整，但都散落在地上。"

罗谦辰道："可它们都非常完整，不是吗？案发现场，一共有两名女性，正常情况下，一个男人，在强奸其中一名女性的时候，应该会把另一名女性捆绑起来，或者打晕，防止其逃跑。但是，死者身上均没有被捆绑的痕迹，验尸报告上也没有写死者遭受过手掌或者其他钝器的外力重击导致其昏厥的痕迹，体内也没有迷幻类药物痕迹，身上只有刀伤。所以可以肯定，在凶手与两名死者发生性行为时，两名死者是没有遭到任何强迫的。”

我道:“你是说，这三个人都是自愿发生性行为的？可为什么凶手会杀了她们？”

罗谦辰道:“因为羔羊不再沉默。”

我道:“什么？”

罗谦辰道:“他学会了反抗，某种东西突然瓦解了他的奴性，于是，他开始了反击。”

我问:“你为什么坚持认为，他是奴隶，一个身高超过 180 厘米的男人，成为这两个女人的奴隶？这让人很难理解。”

罗谦辰道:“两名女性被害人的私处都被割烂，那名男性死者下面那玩意儿也没了，遇到这种情况，从犯罪心理学角度来分析，凶手可能是个性无能。但尸检报告中，法医在两名女性死者阴道内壁，都提取到了精斑，这基本可以排除凶手是个性无能这个可能性。那么，凶手为何会做出这种极端行为，只有一种可能，就是凶手对三名被害人的憎恨导致的，所以，他夺走了他们曾经对他实施奴役的工具。”

我道:“你的意思是说，那名男性也对凶手进行过侵犯？”

罗谦辰道:“没错。”

我问:“他为什么没有当场杀掉尹雪，她是死者的女儿？”

罗谦辰道:“因为尹雪并没有参与到这场奴役中来，所以，他对她并没有仇恨。”

我道:“还是回到最开始的问题——你为什么认为凶手会自首？”

罗谦辰道:“因为他的杀人，是奴性被瓦解的结果，他意识到自己不应该被奴役，他终于感受到了愤怒。他挟持尹雪，是一种措手不及的表现，他不知道接下来该怎么办，在这种状态下，凶手的心里一定会想着如何结束这一切。而结束这一切的方式，要么是自杀，要么就是投案自首。我认为，他会选择投案自首。”

我问：“那你认为，是什么导致他反抗意识的觉醒？”

罗谦辰想了想，然后微微一笑道：“人总有那么一刻，能够学会反抗。”

其实我清楚，他也不知道答案。

可事情并没有像罗谦辰推测的那样发展。凶手并没有投案自首，就在我见过罗谦辰的次日晚上，同样下着暴雨，郊区一派出所打来电话说，找到尹雪了，人已经被送往医院。

我和黄朗立马率队赶往那家医院，尹雪正躺在病床上输液。

在场的派出所民警告诉我们说：“晚上九点半的时候，这个女孩来到了我们派出所，一到派出所，她就晕倒在了大堂里，浑身都被雨水淋透了，衣衫不整的。我们对比照片，立马认出，这个人就是失踪的那个叫尹雪的女孩。我们的女同志给她换了身干衣服，结果发现，她身上到处都是瘀青和伤痕，把她送到医院后，医生说，女孩遭到了性侵，而且，从伤口程度来看，女孩应该不止一次遭到侵犯。”

女孩醒来后，一直不愿意说话，无论我们问她什么，她都蜷缩在床上，一言不发。过了好一会儿，她口中冒出一句没头没脑的话：“她们还在那里！她们还在那里！”

我便问：“她们，还有其他受害者，对吗？”

可女孩只是不停地重复：“她们还在那里！她们还在那里！她们还在那里！”

我们害怕她会受到更多刺激，所以便终止了对她的一切询问。

黄朗说想抽口烟，医院室内不让抽烟，于是我们去了外面，在医院后门的台阶上，他掏出一包烟抽了起来，又递给我一支，我俩就这么抽着烟，看着黑夜中密集的雨流，好长一段时间都一言不发。

终于，黄朗抽完了最后一支烟，将烟头往雨里一扔，吐着烟雾道："才 13 岁！才 13 岁就被……！"

那晚，我和黄朗都感到非常愤怒，我们必须抓到那个变态！

两天后，凶手终于被我们逮捕。

那天晚上，我们接到报案，有一个强奸未遂的变态狂被扭送到了市区一派出所。我们立马赶往那里的派出所了解情况。

只见一个瘦骨嶙峋的男人坐在审讯室里，而受害者和她的男友正在配合警方做笔录。

原来就在当晚 10 点左右，这个男人潜入受害者家中，欲对其实施侵犯，但遭到了受害人的极力反抗，就在这个过程中，受害人的男友刚好回家，由于他是健身教练，所以很轻易地将犯罪嫌疑人当场制伏，并报警。

犯罪嫌疑人，身高 182 厘米，他不肯交代姓名和年龄，但目测，他的年龄不超过 25 岁，看上去非常年轻。

我们立马提取了他的 DNA，和犯罪现场提取到的精斑中的 DNA 做了比对，DNA 吻合。也就是说，此人正是"羔羊不再沉默"案的真凶！

我们立马将他带到了支队里进行高强度的审讯，从尹雪口中，我们分析出，还有其他受害者被这个男人囚禁在了某处，可犯罪嫌疑人自始至终都不肯开口，一直保持沉默。

见黄朗又要忍不住动手，我立马将他拉出了审讯室，对他道："两年前的教训不记得了？你屡立战功，本来可以调到厅里去的，结果审讯那天，你当时差点把那小子打死。如今杨局都走了，这新来的局长，咱还没摸清楚情况，你别随便乱来啊。”

黄朗急得抽了口烟，呛到了，不停地咳嗽：“老子要不是警察，早剁了他！”

我道：“好了好了，给我支烟。”

黄朗递来一支烟。

我道：“给我点上。啧，点上。”

他帮我点上烟，我抽了一口，然后说：“遇到事情别那么冲动，我也很愤怒，但这不是动手就能解决的，他不肯说，我知道有个人能让他开口。”

黄朗道：“老陈，你不会又要去求那个疯子吧？”

我道：“现在也只能这样了。”

黄朗道：“那厨子也不是每回都准，他之前不是说凶手是个奴隶吗，你看这小子这浑样，像个奴隶吗？”

我抽了口烟，吐出烟雾道：“还是那句话，死马当活马医！”

黄朗道：“新来这局长，他能同意？”

没想到，王局竟然同意了，他在这方面的确比杨局开放不少，他听完了我的叙述，只是拍了拍我的肩膀，对我说：“小陈哪，我不知道之前杨局是怎么带你们的。在我这儿，你以后都不必向我汇报，对付这种案件，得用些非常手段，只要是在合理合法范围内的，我全都支持，上头要是有问题，我帮你担着，你只管放手去干！”

王局的话令我有了极大的信心，我立马联系监狱，安排了罗谦辰和这个凶手的会面。

和上次一样，凶手和罗谦辰只隔着一张长桌，手脚全都被镣铐束缚着，而我坐在长桌之间，会面室里有荷枪实弹的狱警把守。

凶手依旧沉默无言。

罗谦辰微微一笑，冲我道：“这家伙看上去，一副奴隶模样，怎么看也不像你说的那种连环强奸犯啊。就这模样，直接把他拉回去毙了吧。还玩囚禁，他敢吗？”

我刚想说他敢，罗谦辰冲我使了个眼色，我立马明白了他的意思，于是哈哈大笑道：“是啊，我也觉得他没这个胆子。”

罗谦辰接着道：“你看这小子，毛都没长齐，没准儿啊，还是个童子鸡。”

我知道，罗谦辰是为了激怒凶手，所以才会说出这么粗俗的话，于是，我便配合他道：“何止是童子鸡，那玩意儿他有吗？”

罗谦辰和我哈哈大笑起来，尽管我觉得有些尴尬，但这方法果然奏效，那凶手竟然也跟着我们笑了起来，那是一种很阴冷的笑，过了一会儿，他终于开口道：“他们……全都是我的奴隶！”

我和罗谦辰心照不宣，终于让他开口了，事后，罗谦辰向我解释了这种心理：一个人越是觉得自己某方面特别优秀，你就越要贬低他自认为优秀的那方面，尤其是对付那种年纪尚轻的人，别看这是激将法，但简单的方法往往最能奏效，最不容易发生失误。

罗谦辰故意嘲讽他道：“什么，你说，你是他们的奴隶？”

凶手有些愤怒，语气变得很重：“他们！全都是我的奴隶！”

罗谦辰耸了耸肩，一副不以为然的样子：“那你说说看，他们是如何成为你的奴隶的？”

凶手又一次发出了阴冷的笑：“我天生就具备这种能力，我能够让人臣服于我，我绑架了那一家人，慢慢地驯化他们，我只用了不到一周的时间，他们就彻底成了我的奴隶！”

罗谦辰笑了：“你能绑架他们全家人？”他看向我：“陈警官，他是如何被你们抓住的？”

我道：“他强奸未遂，被受害者的男友抓了个正着，一顿暴打，直接扭送进了派出所！”

随后，我和罗谦辰又哈哈大笑起来。

罗谦辰一边笑一边道：“你连姑娘的男友都打不过，还绑架人全家？这是我今年听过最好笑的笑话。”

凶手咬牙切齿道：“他从背后偷袭我！我没有注意到他！不然，他和他那娇艳欲滴的小女友，全都会成为我的奴隶！”

罗谦辰道：“既然你这么厉害，又为什么要杀掉你的奴隶？”

凶手笑了起来：“因为她们不听话，不听话的奴隶，都要被我杀掉！”

罗谦辰问：“你为什么没有杀那个小女孩？”

凶手道：“她很听话，听话的奴隶，才是我的好奴隶。”

罗谦辰道：“于是，你绑架了那个小女孩，带着她逃跑，然后绑架了新的奴隶？”

凶手强调道：“注意你的用词！是驯化，不是‘绑架’！她是自愿跟我走的，那些人也是自愿成为我的奴隶的！”

罗谦辰又露出了嘲讽的表情：“那些新的奴隶在哪儿？我们怎么没看见？哈哈，这些全都是你自吹自擂的。”

凶手道：“你的意思是我在吹牛？我告诉你，那些奴隶现在就在……”可就在这时，他突然像是意识到了什么，又发出了阴冷的笑，“你以为，我会说出来吗？那是我的奴隶！我不允许你们占有她们！”

罗谦辰道：“你可以尝试着驯化我。”

我看了一眼罗谦辰，心说，这家伙又疯了吗？

凶手冷笑道：“你想成为我的奴隶？”

罗谦辰点了点头。

凶手道：“你被关在这里，怎么成为我的奴隶？”

罗谦辰道：“不出意外的话，你很快也会来到这里，你会很需要一个奴隶。”

凶手道：“来到这里？等待我的，难道不是死刑吗？”

我撒谎道：“不出意外的话，应该是死缓，你的确会在这里关很长一段时间，如果减刑为无期徒刑，你懂的。”

凶手笑了：“看来，我的确需要一个奴隶。”

罗谦辰道：“到时候，你甚至可以将监狱里的所有人驯化成你的奴隶。”

凶手道：“这听上去的确非常诱人。”

罗谦辰道：“相比这些，你现在拥有的那几个奴隶，已经显得不值一提了。”

凶手哈哈大笑起来：“就让她们死在那条船上吧！”

他说完，愣住了。

罗谦辰微微一笑道：“非常感谢！”

果然，正如罗谦辰所说，人总会在自信心极度爆棚的时候，下意识地说出自己的秘密。

我们立马调集全市警力，调查了市里数百条船只，终于在江畔一艘已经废弃渔船的船舱里，发现了三名被浑身捆缚的年轻女子。

这三名女子都受到了惊吓，我和黄朗带着她们到局里指认凶手，没想到她们和凶手描述的截然不同，丝毫没有表现出已经被凶手驯化成奴隶的样子。她们全都愤怒地指控凶手，对她们实施绑架、虐待和侵犯。

她们显然并没有成为凶手的奴隶。

我把这个情况告诉了罗谦辰，罗谦辰在监狱的会面室里对我说：“其实有件事情，我没有告诉你，既然你来问了，我也不妨给你说说我的判断。其实，凶手是在演戏。”

我一愣：“演戏？”

罗谦辰点了点头道：“很显然，那些话，是有人教他这么说的，目的是为了让他承担全部的罪行。”

我问：“那到底是谁教他说这些话的？”

罗谦辰道：“他的主人。”

我道：“他的主人？你依旧认为，他才是奴隶？”

罗谦辰点了点头道：“就是他的主人让他杀掉别墅里那三名被害人的，而那三名被害人和他同属一个主人。”

我道：“可是，主人为什么会让自己的奴隶杀掉其他奴隶？”

罗谦辰耸了耸肩道：“大概是因为其他奴隶做了让主人不满意的事情。”

我问：“那个主人是谁？”

罗谦辰摇了摇头，没有继续说话，但从他的眼神中我能看出，他知道答案。

两个月后，新的案件爆发了，一名初中语文老师惨死在了课堂上。而凶手，正是那三名被我们从船上解救出来的女人。

根据班里学生的证词，当天上午，他们正在上语文课，那三个女人突然闯进了教室，她们全都手持利刃，将那名语文老师捅死在了讲台上。

随后，这三个女人一齐从教学楼五楼阳台跳了下去，三人全都当场摔亡。

该语文老师和这三个女人素不相识，生活中没有任何交集，也没有人知道她们的杀人动机究竟是什么。

很快，我便了解到，被害人是尹雪的前任语文老师。

而尹雪和该语文老师的关系，一直非常恶劣。

尹雪办理了一年的休学，由于父母惨死，她暂住在了舅舅家里。不知道她得知自己前任语文老师的死讯会是什么感受。

我也不便再去打搅她。

为了弄清那三个女人的动机，我再一次前往监狱，请教罗谦辰。

罗谦辰道："是她们的主人让她们这么做的。"

我问："她们的主人到底是谁？"

罗谦辰微微一笑道："其实你已经猜到了，只是，你不愿意相信那就是答案。"

第三个案例

梅杜莎之筏——死亡游轮

春季已经临近尾声，夏季即将到来，春夏之交，空气中充满了闷热和潮湿的气息。那天上午，我独自坐在办公室里，抽着烟，翻阅着过往的一些案卷信息，大概是10点的时候，窗外下起了雨，雨势很大，将这股闷热之气冲散了不少。我抽完这支烟，看着烟雾在眼前徐徐升起而后消散。

我将烟头摁灭在烟灰缸里，正准备起身给自己泡杯茶，办公室的门被敲响了。

“请进。”

门被打开，一名警员站在门口对我说：“陈队，王局请您去他办公室一趟。”

我说“好”，没多想便起身离开了办公室，上了楼，敲响了局长办公室的门。开了门，只见办公室里，除了王局，还有两个生面孔，也都穿着警服，王局向我介绍说，这两位都是公安部派来的专员。

他们二位的名字，我不方便透露，也不能透露，有保密条例，我只能说后来熟悉了，我管他们叫“老丁”“老赵”。

一听部里来人，我当时就是一愣，因为在我的印象中，市里最近并没有出什么太大的重案，何至于惊动了公安部。

我一坐下，老丁开口便问："去年冬天那个案子，是你负责的？"

我知道老丁说的是什么案子——"维特鲁威人"案，于是点了点头道："是我和我的搭档，局里刑侦支队副队长黄朗一起负责的，要不要我把他也叫过来？"

老赵说："这倒不用，我们这次来，主要是听说，那个案子背后有人帮了你们，你们才抓到凶手的？"

我不知道这件事情是否方便细说，于是看了眼王局，王局给了我一个眼神，让我放心大胆地说："那个人叫罗谦辰，以前是个厨师，后来因为梦游杀妻被判了死缓，现在人还在监狱里，那案子，是他帮我们破的。"

之后，我向老丁和老赵二位专员详细讲述了那个案子的破案过程。

随后，老丁问道："后来还有个案子，也是他帮忙的？"

我道："是的，在他的帮助下，我们成功解救了那几个被绑架的女孩。"

老丁和老赵听完之后，抽着烟，互相点了点头，然后，老赵对我说："你方不方便和我们去一趟监狱？我们想见一见你说的这个人。"

公安部的专员提出要见罗谦辰，我觉得这事儿必然有很大的玄机。他们见罗谦辰的目的究竟是什么呢？

没容我多想，局长就和我一起领着两位专员离开了公安局大楼，上了一辆警车。在车上，他们又向我反复了解了许多关于罗谦辰的情况。雨水在车顶击打出爆豆般的声响，我有些心烦意乱，看着车窗外的雨流和雨雾中模糊的城市街景，我总感觉，有什么大事儿发生了。

大约四十分钟后，我们抵达了城市郊外的那座监狱。

之后，两位专员便在会面室里见到了罗谦辰，他们是密谈的，我也不知道他们具体聊了些什么。

大约两个小时后，两位专员从会面室里出来，走到我面前，神秘兮兮地领着我去了另一间屋子。

门关上后，他们向我递来一份保密协议，让我签字。我没怎么看协议内容，便在末尾处签了字。

随后，两位专员便单独离去了，而我，便和王局一起回了局里，一路上，王局也没多说什么，只是让我做好准备。

准备什么呢？

两天后，我便被王局发配到了某北方沿海城市，说是执行任务，但具体的，并没有细说。我一下飞机，刚离开机场，就和当地公安局的同志接洽上了，他们也没多说什么，直接开车载着我去了当地市局。

随后，我被领进了一间黑屋子，我看到屋子里坐着三个男人，除了老丁和老赵外，另一个便是罗谦辰。

我当时便是一惊，心想，罗谦辰怎么会在这里？

老丁招呼我坐下，我便坐下，狐疑地看着长桌对面的罗谦辰，只见他冲我微微一笑，什么也没有说。

老丁对我说："这次请你来，是为了让你配合我们侦办一起案子。"

老赵说得比较直接："其实，主要是请罗谦辰来配合我们侦办，你的任务主要是配合罗谦辰，因为以往都是你负责接触他，我们需要一个熟悉的人。"

我心里打起了鼓，究竟是一个什么样的案子，惊动了公安部不说，还需要罗谦辰来协助侦办呢？

随后，二位专员将案卷信息摆在了我和罗谦辰面前。

时间一下子回溯到了一周前。

一周前，这座北方城市的港口来了一艘豪华游轮，和其他游轮不同的是，当这艘船抵达港口附近海域时，港口上已然聚满了警察和市政府的领导，所有人都显得格外紧张。

凌晨 2 点，港口上起了很大的雾，这艘庞然大物一靠岸，上百名荷枪实弹的警察便快速通过舷梯涌入到了船舱内。

随后，他们确认了一个惊人的事实，这艘 6825 吨级，实际载客 501 人的巨型游轮上空无一人。

事发 20 天前，这艘豪华游轮从美国旧金山出发，驶往中国，船上包括乘客和工作人员在内，一共 501 人，其中大部分是华人。

该游轮原计划是在上海靠岸，可结果，就在事发 10 个小时前，这艘豪华游轮竟然在距离这座北方港口城市一百海里的海域发出求救信号。

内容如下："SOS，SOS，这里是 XXXX 号游轮，这里是 XXXX 号游轮，游轮发生机械故障，无法继续航行，无法继续航行，请求救援，请求救援。"

中国海事局立即派出救援队赶往事发海域，只见这艘豪华游轮静静地停泊在海面上，当他们朝游轮喊话时，没有得到任何回应。一切都安静得可怕。当救援人员登上游轮时，却发现，游轮上空无一人，就连驾驶舱内也是空的。发出求救信号的对讲机垂挂在那里，几乎要坠落到地板上，就好像那名船员刚刚发出信号，就突然消失了一样。

救援人员检查了船上的设备，发现，一切设备都是正常的，能够确保游轮的正常运转。

可是，既然游轮并没有发生任何机械故障，那为什么船员会发出

“机械故障”的求救信号呢?

救援人员立马向岸上汇报了这一情况，随后，他们将这艘游轮开到了这座北方城市的港口。

警方登船后，对游轮内部进行了地毯式的搜索，他们发现，游轮上没有一丝一毫的搏斗痕迹，也并未发现血迹和其他异常，一切都是那样平常，餐厅里面还保留着没有吃完的食物。唯一的异常便是，船上的监控设备被人为关闭了，基本可以确定，监控设备是在这艘游轮驶离旧金山后不久就被全部关闭的。

船上的救生艇也全都牢牢地固定在船舷上。那么，船上这 501 名乘客究竟去了哪儿呢?

就在警方毫无头绪的时候，他们有了新的发现。

一个小男孩!

警方经过细致的搜索，在杂货间地板的夹层里发现了一个小男孩，小男孩看上去不到 10 岁，瘦骨嶙峋，他蜷缩在夹层里，严重脱水，已经奄奄一息。

小男孩立即被送往市里的医院进行抢救，同时，警方根据乘客名单，迅速确认了小男孩的身份。

他是一个美籍华裔，名叫杰克·唐，中文名唐杰，今年 9 岁，居住在美国洛杉矶。和他一同登船的，还有他的父母。父亲名叫史蒂夫·唐，中文名唐远国，35 岁。母亲名叫凯丽·陈，中文名陈丽，33 岁。夫妻二人共同在洛杉矶唐人街经营一家中餐厅。目前二人均处于失踪状态。

海事局的打捞船已经在事发附近海域进行了数日的搜寻，到目前为止，仍未找到任何乘客，搜索范围还在持续扩大。

老丁深吸了一口气，抽了一口烟，对我和罗谦辰说："目前，调查已经陷入了僵局。整整500人，船长、船员、乘客，从上到下，全都人间蒸发了。打捞队搜索了事发地点附近方圆50海里的海域，到目前为止，连个鬼影都没见着。"

我道："会不会是他们中途在哪里下船了？比如岛上？太平洋上有很多大大小小的海岛。"

老赵道："这我们考虑过，可是，说不过去，这500人，基本上都是美国华裔，在美国都有自己的家庭、事业，他们之间除了好几组家庭成员之外，也全都没什么交集，这些乘客都是特地回祖国旅游的，那么他们有什么理由中途下船？而且，那艘游轮已经远远偏离了预定航线，他们要去的是上海，却出现在了这座城市附近的海域，这里离上海有近千公里呢。船上的导航系统也没出任何问题。我们考虑过是否有人劫船，可是船上没有任何搏斗痕迹，通信系统和船上的每一个设备都没有遭到破坏，就连桌椅、板凳和桌子上的玻璃杯都是整整齐齐的，如果有人劫持游轮，一定会引发混乱，可是，船上看不出任何这种迹象。最关键的是，为什么那名船员会在求救信号里说，游轮出现机械故障无法航行了呢？游轮分明没有出现故障。他的目的，是为了让海事局的人找到这艘船，可是，这还是说不过去……"

老丁道："总之，这案子疑点重重，到处都充斥着不合理的地方。"

罗谦辰突然发话了："我能……说说我的看法吗？"

老丁道："请说。"

罗谦辰道："你们之所以找不到，是因为，你们找错了地方。"

老丁道："你是说，那些乘客？"

罗谦辰点了点头道："首先，你们的思路可能是正确的，那些乘客很可能全都出于某些原因，落水了。但是，他们并不是在那艘船发出救援信号的地方落入海里的。”

老赵道：“你的意思是说，那 500 人，早在那之前就落水了？”

罗谦辰道：“应该是这样。”

老丁道：“那你能告诉我，他们具体是在哪片海域落水的吗？”

罗谦辰摇了摇头道：“就目前的信息来看，无法确定，我只能说，太平洋这么大，这条航线上的任何一个地方都有可能。”

老赵道：“可求救信号你怎么解释？”

罗谦辰道：“正如你们所推测的，发出求救信号的目的，并不是因为游轮发生故障，而是有人希望海事局的救援队能够找到这艘船。求救信号发出地点，并不是那些乘客和船员落水的地点，我猜测，在那些人全都落水后，船上还留着一到两名负责驾驶的船员，他们很有可能将船继续向前行驶了很长一段距离，然后在靠近陆地的海域停船，才发出求救信号，随后，这一到两名船员便出于某种原因，慌忙跳入海中。”

老丁道：“可是，我们到目前为止都没能找到哪怕是一具尸体，照你这么说，这可能存在的一到两名船员，应该游不了多远就会被淹死，我可不认为他们能够游出方圆 50 海里的搜寻范围。”

罗谦辰微微一笑道：“马航 MH370 找到了吗？”

老丁道：“没有，干吗问这个？”

罗谦辰道：“那么大一架飞机跌入海里都找不到，何况一两个人？海洋很大，充满了各种可能性。不是他们不存在，只是你们没找到。”

老赵道：“根据你的推理，求救信号的发出地点，距离大部分乘客的落水点十分遥远，可是他们为什么要这么做？”

罗谦辰道："目的就是为了掩盖实际的落水点，出于某些顾虑，他们不希望真正的落水点被发现。"

老赵道："可是，既然所有的人都落水了，包括发出求救信号的船员也落水了，船没有发生故障，船上空无一人，而发信号的船员也跳海自杀了，那么，他发信号的目的仅仅只是为了让我们找到那艘船……为什么要让我们找一艘空船？"

罗谦辰道："那并不是一艘空船，船上还有一个人，那个小男孩。"

老丁道："你的意思是说，发求救信号的目的，是为了让我们找到那个男孩？"

罗谦辰点了点头道："你们一定以为，那个男孩是为了躲避某种危险而藏在地板的夹层里的，你们一定认为，他这么做的目的，是因为恐惧。"

老丁道："难道不是吗？"

罗谦辰淡淡一笑道："是为了掩盖真相，是为了误导你们，让你们得出这样的判断，让你们认为，这个男孩和这件事情无关。"

老丁做了个难以置信的表情："你的意思是说，这个男孩，和船上这 500 人的失踪有关？"

罗谦辰眯起了眼睛，看上去十分神秘，他用那仿佛来自黑暗深处的低沉的嗓音缓缓地说道："他是这个案子的核心。换句话说，很有可能，是他导致了这 500 人的失踪。"

老赵抽完了最后一支烟，将烟头摁灭，猛灌了一大口茶水道："不可能！你这推理太玄乎了。一个 9 岁大的小男孩，他是有怎样的能力，能够让一整艘船的人失踪？"

罗谦辰说："很多时候，常人眼里看上去的不可能，也许就是事实的真相。”

所有人都陷入了沉默当中，包括我，老实说，这次，我也不太赞同罗谦辰的推测。一个9岁大的男孩，如何让船上500人全都失踪？

别说他才9岁大，就是一个成年人也无法做到这一点。

没有人可以做到！

除非，他根本不是人类！

公安部门封锁了所有媒体渠道，禁止任何消息走漏，但是，还是有人通过外网看到了国外媒体的报道，于是，关于这起案件的消息，一下子从外部渗透进了内部，舆论一片哗然，网上各种猜测，说什么的都有，警方的办案压力一下子变得巨大起来。

那个叫唐杰的9岁小男孩终于苏醒了过来，但是，面对我们警方的问话，他一直保持缄默，就像是听不懂中文似的。

可我们知道，他是懂中文的。

给罗谦辰申请的出狱时限已经到了，虽然案子还没破，但是按照规定，他必须得回到监狱继续服刑。

而我，则留了下来，协助当地警方的调查工作。

唐杰一直缄口不语，什么都不肯说，我们也没了办法，只好从其他方向找突破口。

距离我来到这里，已经过去了一周，而距离案发，已经有半个月了，这半个月来，我们没有丝毫头绪和线索，海事局的打捞队还在继续着打捞、搜救工作。

美国也派了专员过来和我们共同调查，可还是没什么进展。

就在我们一筹莫展之际，那天上午，我们突然接到了韩国警察打来的电话，电话里的人称，他们是韩国济州岛警方，昨天下午，当地渔民将一个中国人送到了当地警局，这个中国人是在韩国济州岛附近公海海域被发现的。当时，那位渔民正和自己的其他船员一起在那片公海海域打鱼，就看到一艘快艇漂在海面上。当时海上连着几天都是晴天，太阳很毒，渔船朝那艘快艇靠拢，发现快艇上躺着一个人，这个人已经脱水昏迷了过去。渔民一眼就看出，快艇的发动机出现故障，导致快艇无法运行，所以这个男人被困在了大海上。渔民立即将男人救起，带到了岸上，并且送往医院。男人在医院里躺了一个多星期才恢复过来，随后，渔民便联系了当地警局。当地警方花了一夜确认男人身份，最终，他们确认，这个中国男人名叫汤姆·刘，中文名刘子仁，45 岁，是美籍华裔，并且正是那艘豪华游轮上失踪的船员之一，在船上担任驾驶员。

半个月后，我们在公海上和韩国海警完成了交接工作，便将刘子仁带到了局里。

审讯室里，老丁和老赵负责对刘子仁继续讯问，而我和其他办案人员隐藏在隔壁房间，透过单面镜，观察着审讯室里的一举一动。

老丁和老赵坐在一起，和刘子仁隔着一张桌子，刘子仁坐在那里，台灯明晃晃的白色灯光打在他的脸上，那张憔悴黝黑的脸，此时却显得煞白。

老丁率先发问道：“你是刘子仁，没错？”

刘子仁点了点头，一副病恹恹的样子，没说话。

老丁又问：“你在那艘船上担任驾驶员？”

刘子仁又点了点头，没有说话。

老丁接着问：“求救信号，是你发的？”

刘子仁没有说话。

老丁继续问："你好好想想，求救信号，是不是你发的？"

刘子仁还是不说话。

老丁深吸了一口气问："你能告诉我，船上那些人都去了哪儿吗？"

刘子仁仍不说话。

老丁问："你能说说，船上到底发生了什么吗？"

这次，刘子仁开口了，他看上去很惊恐："我不记得了，我不记得了，我真的，我真的什么都不记得了。"

老赵掏出一张照片，递给刘子仁，照片上是刘子仁驾驶的那艘快艇："这艘快艇，你还记得吗？那个韩国渔民说，他是在这艘快艇上发现你的，你当时脱水昏迷了过去，有这回事儿吗？"

刘子仁摇了摇头道："我不知道，我不知道。"

老赵接着问："你为什么会出现在这艘快艇上？是你本人在驾驶这艘快艇吗？在你被渔民发现之前，快艇上还有没有别人？如果有，那个人去哪儿了？如果没有，你为什么会驾驶快艇离船出现在济州岛海域附近？"

刘子仁道："我不知道。"

老赵道："你不可能不知道，这艘快艇并不在那艘游轮的设备登记内，也就是说，那是你私人准备的快艇。你拿它来干吗？"

刘子仁不说话了。

老丁深吸了一口气说："刘子仁，现在的情况是这样的，船上的人都失踪了，而唯独你准备了一艘快艇，我们可以看作是你驾驶快艇逃逸，甚至我们可以认为，你和船上那些人的失踪有关。目前，你的嫌疑非常大，如果你想要证明自己的清白，你就必须老老实实地回答我们的问题，告诉我们真相，告诉我们，船上到底发生了什么。”

刘子仁的身子突然开始发颤，紧接着，是剧烈的颤抖，过了好一会儿，他大口大口地喘息起来，声音沙哑地说：“能让我，能让我好好想想吗？我现在、我现在脑子很乱，能给我点时间想想吗？”

只见老丁和老赵互相看了看，点了点头，同意了刘子仁的请求。

我和另一名警员负责送刘子仁去休息室，半路上，我们在走廊里撞见了刚好去洗手间的唐杰。只见唐杰见到我们停顿了几秒，然后扭头走进了洗手间，而我们，则带着刘子仁去了休息室。

第二天一早，当我们再度提审刘子仁的时候，却发现刘子仁在休息室里昏迷了过去。

他的额头上满是血，墙壁上也有血迹，我们判断出，他是想要撞墙自杀。还好，送到医院后，经过抢救，刘子仁脱离了生命危险，但依旧昏迷。

罗谦辰在监狱里继续远程协助我们的工作，我将案件最新进展发到了监狱指定的电子邮箱，然后由监狱的工作人员打印出来送给罗谦辰。

很快，罗谦辰用监狱的电话给了我回复。

他在电话中问我道：“那艘快艇，单程最多能跑多远？”

我问：“为什么问这个？”

罗谦辰道：“很重要。”

我道：“我问问。”

随后，我回复罗谦辰：“这艘快艇的油箱经过改造，加满一次最多可以跑 150 海里。”

罗谦辰问："船上带了几桶油？"

我道："四桶，用完了三桶，油箱里还剩三分之一，但发动机坏了，他没法继续开。"

罗谦辰问："也就是说，还剩一桶油外加油箱里的三分之一的油量。那么，能否计算出，依靠剩下的油，还能跑多远？"

我道："刚好可以加满，还可以跑 150 海里。"

罗谦辰道："也就是说，他要去的地方，一定是距离他被渔民发现的那片海域点 150 海里以内的地方，而那个地方，很有可能，就是船上乘客的落水点。"

我道："你是怎么确定的？那你怎么知道他要去的地方就是落水点？"

罗谦辰道："随着调查的深入，你会逐渐明白的，照我说的去做就是了。"

随后，罗谦辰便挂断了电话。

我将罗谦辰的分析汇报了上去，上面很快采纳，并通知海事局，在罗谦辰所说的那片海域范围内集中搜索。

果然，就在三天后，海事局的搜救队在距离济州岛 120 海里的公海海域，发现了大量的浮尸。

经确认，这些尸体全都是那艘游轮上的乘客和船员。

这些尸体被海水冲散了，数百具严重膨胀腐烂的尸体，辐射开来，蔓延了半径 15 海里，而这片海域很冷僻，很少有船只经过，也没有渔民在此处打鱼，所以，尸群一直没被发现——即便偶尔有人发现，也多半是出于多一事不如少一事的心态，没有报警——只吸引来了成片的海鸟站在尸体上啄食这些腐烂的肉块。

这些人为什么会死在这里？他们是受人胁迫跳海，还是集体自杀？如果是受人胁迫，那么为什么船上没有丝毫混乱的痕迹，一切都是那样整齐，根本不具备任何遭遇劫持的特征？法医对打捞上来的四百多具尸体（还有一些失踪）进行了长达一个月的尸检工作，这些尸体均未发现外力所导致的伤害，他们的死因也全是溺水身亡。

如果是集体自杀，船上几百名乘客，大多数都互不相识，让如此大量的陌生人一起集体自杀，这根本说不过去。

那么，究竟是什么导致了这样的结果呢？

就在这个节骨眼儿上，刘子仁终于苏醒了过来，他向我们提出了一个要求："带我去发现尸体的地方，我会告诉你们真相！"

老丁和老赵召集我们开了个会，最终同意了刘子仁的请求。我们这么多警察跟着，他也跑不了。

次日上午，天气晴朗，我们向海警借来了船，带着刘子仁朝那片公海海域出发了。

当天夜里，当我们抵达那片海域的时候，海面上风云突变，起了很大的风浪，随后下起了暴雨。船身在海浪中剧烈地颠簸着，我们所有人都躲在船舱里。我们虽然都是警察，身体素质都很不错，但我们毕竟不是海警，也没有在大海上作业过，经历这么大的风浪，所有人都是第一次。大家全都晕船，吐得七荤八素。

我感觉自己几乎要死在海上。

就在混乱之际，老丁突然大吼了一声："刘子仁不见了！"

老赵大喊："甲板上！在甲板上！"

只见刘子仁双手戴着手铐，在颠簸中快速冲上了前甲板，我们立马起身，却被一连串的剧烈颠簸打了回来。

刘子仁毕竟是老船员，见惯了这种极端天气。

之后发生了什么，我全都不知道了，我昏迷了过去。醒来的时候，天已经晴了，船也回了港。而刘子仁不见了。

几天后，渔政的搜救队在那片海域打捞起了一具尸体，那具尸体便是刘子仁的。

刘子仁死了。他如同遭遇了诅咒一般，选择了在其他人自杀的海域死去。

现在，唯一的突破口，再一次回到了那个名叫唐杰的9岁男孩身上。

可是，唐杰却什么都不肯说。

每次，当我们试图与他对话的时候，他都坐在床上，身子蜷成一团，将头埋得很深。我们没了办法，只好请心理专家来给他做心理辅导，试图打开他的心理防线。

然而，半个月过去了，我们请来的三名心理专家都没有任何进展。美国方面对此事也保持高度关注，他们很快派来了两名专员，据说一位来自FBI，一位来自CIA，这两位专员全都是心理学方面的顶级专家。可是，两周时间过去了，就连这两位美国专家也对这个名叫唐杰的9岁男孩毫无办法。

这个男孩始终不肯开口，什么也不肯说，他似乎对周围的所有人都充斥着不信任，甚至是强烈的敌意。

最后，美国专员全部无功而返。

案子一下子陷入了僵局。

或许……可以让罗谦辰试一试?

我将这个大胆的想法向上面汇报了过去，没想到很快就得到了答复，他们同意了我的申请。于是，一周后，罗谦辰再一次来到了这里，出现在了众人眼前。

没想到，罗谦辰一来到唐杰面前，就抛出了一句极为诡异的话："是一场献祭对吗？"

我被这话激得脊骨有些发凉，甚至都不确定自己听到的是不是"献祭"这个词。但这话从罗谦辰口中说出，又是那样稀松平常。

但唐杰似乎被这话惊到了，他猛地抬头看了罗谦辰一眼，眼神当中充满了恐惧和无助。

罗谦辰又问了一遍："这是一场献祭，对吗？"

唐杰的身子开始发抖，他又一次想要将头埋向自己的膝盖，但被罗谦辰强行制止了。只见罗谦辰迅速坐到床边，伸出双手，牢牢地搭在唐杰的双肩上，让唐杰无法弯腰完成埋头的动作。

但唐杰还是低着头。

罗谦辰道："看着我，告诉我，这是一场献祭，对不对？"

唐杰弱小的身躯在罗谦辰面前显得那样无助，他想要逃离，却无路可逃。过了好一会儿，他终于哭了出来，声音嘶哑道："我不想死，我不想死，我不想死……"

我们所有人都怔住了，唐杰，终于开口了。

罗谦辰乘胜追击，问他："他们全都是自杀的对吗？"

唐杰哭着说："我不想死，我不想死，我不想死。他们……他们要带着我一起死，可我，可我不想死……"

罗谦辰道："他们要你和他们一起跳海自杀对吗？"

唐杰点了点头，声音已经哭得含混不清："我躲了起来，我躲了起来，我避开了他们，他们差点就找到我了……"

罗谦辰道："连你的父母也要你一起死？"

唐杰的哭声停止了，不知为何，他终于缓慢地抬起头，看向罗谦辰，他的眼神很模糊，有种说不清道不明的味道："他们，还活着吗？"

我忍不住道："很抱歉，你的父母已经……"

唐杰道："已经死了对吗？"

我沉重地点了点头。

没想到唐杰竟然笑了起来："他们终于死了！他们终于死了！他们终于死了！"

我被唐杰的笑声吓到了，不知这笑声是出于高兴，还是过度的悲伤而导致的精神失常。

罗谦辰看着唐杰，缓缓道："你的父母强迫你和他们一起死，对吗？"

唐杰道："他们全都相信那个人。"

罗谦辰道："那个人是谁？"

唐杰摇了摇头道："我不知道，我真的不知道，我只知道，他们管那个人叫老师，他们全都相信那个老师的话。"

罗谦辰道："你的父母，加入了某个组织对吗？而那个老师，就是组织的领导者？"

唐杰道："我不知道，但他们全都相信那个老师能够和那位神对话。"

罗谦辰问："什么神？"

唐杰道："就是神，没有别的名字，也许有，但是，我不知道。"

罗谦辰道："你是说，你的父母全都认为，那位老师能够和神沟通？而他们崇拜那位神？"

唐杰点了点头说："他们经常会去一个地方，他们也带我去，很多人都会聚集在那里，听那位老师传达神的话。”

罗谦辰问：“所以，这场献祭也是神的意思？”

唐杰道：“船上的人都是信徒，所有的人都是。”

我明白了，船上那些看似毫无关联的陌生人，实际上大有关联，他们全都秘密加入了一个邪教组织。

罗谦辰道：“神为什么要安排这次献祭？”

唐杰道：“那位老师说，神要降临人世，需要这场献祭。”

罗谦辰问：“那位老师在船上吗？”

唐杰摇了摇头说：“他说，神，要借由一个人的肉身降临人世。”

罗谦辰道：“所以，你觉得那个人就是老师？”

唐杰点了点头。

罗谦辰问：“你知道这个组织叫什么名字吗？”

唐杰说出了那三个字：“量子会。”

原来，整个案件都是一个名叫“量子会”的邪教组织的一场大型献祭活动，而这个组织的活动地点就在美国。

同时，这也解释了刘子仁为何要在那片公海海域自杀，因为，那里是那位“老师”规定的献祭地点，他必须在那里死去，完成献祭。

但献祭，显然没有完成，因为原本要被作为祭品的唐杰还活着。

可罗谦辰却对我说：“不，献祭已经完成了。”

我道：“可是，少了一个人，按照他们的原计划，所有人都应该在那片海域自杀。少了一个人，也就意味着献祭失败。”

罗谦辰苦笑了一下，没有说话。

我们将关于“量子会”的情况反映给了美国方面，他们表示，将会全力打击“量子会”邪教势力。

尽管如此，那位“老师”的身份，依旧是一个谜。

唐杰说，那位老师每次出场，都戴着面具和变声器，不知其长相，更无法判断其性别。

但这起游轮惨案，也算是就此结案了。

打击“量子会”，是美国警方的事情。

唐杰也很快被送回了美国，住进了洛杉矶的一家孤儿院里。

我为这个孩子的遭遇感到揪心，这么小就没了父母，并且遭受过极端组织的迫害，不知道以后路该怎么走。

两个月后，担心成了现实，我得知，这个孩子在孤儿院自杀了，他从宿舍五楼阳台跳了下去，当场身亡。

警方在宿舍的墙壁上发现了一句话，字迹十分凌乱，是用血写上去的——

永远别想占据我的身体！

第四个案例

焚化炉灭门案

焚化炉灭门案

这个案子，可以用“诡异”来形容。

三年前的一天上午，我和黄朗匆忙离开公安局，驾驶警车朝着郊外疾驰而去。没多久，城市里下起了暴雨，每次下雨，道路便显得格外拥挤，果不其然，我们被堵在了高架桥上。

望着窗外阴沉的天空，以及前方看不见尽头的车流，黄朗吐槽道：“怎么老是一下雨就堵车！”

我宽慰他道：“别急，一会儿就通了。”

黄朗愤愤然道：“每回，只要出门遇到堵车，这案子注定棘手。”他说着，狂按了几下喇叭，“最近喝水都能呛着！”

我道：“我听你这意思，你最近像是遇到了什么麻烦？”

黄朗道：“你可别说了，前段时间，我家里一老人不刚去世吗，送殡仪馆火化，结果，昨晚上告诉我，骨灰给弄错了，你说这事气人不气人？这事儿要巧起来，还真是巧，今天就接到这么一案子，听上去就晦气！”

我苦笑了一下，不知道该说些什么好，正好这时，车流动了起来，我赶忙道：“哎哎哎，别吐槽了，通了。”

一个半小时后，我们终于抵达了案发现场。案发现场是郊外的一个农场，主要以养家畜为主，五年前农场生意不好，农场主就转手把农场给卖了，卖给了市里一个名叫洪谭的人。这个洪谭今年 50 岁，是做外贸生意的，很有钱，他把农场盘了下来，改造成了自己的私人度假农庄。

两年前，由于公司内部矛盾，洪谭被公司董事会踢出局，他市里的房子也被他卖掉，用来还清自己欠下的个人债务。随后，他便带着自己的家人一起来到了郊外这个农场，过起了隐居生活，很少与过去的同事和朋友往来，最后便彻底没了往来。他一共育有三名子女：两个儿子，一个女儿。

女儿名叫洪紫桐，今年 17 岁。

大儿子名叫洪将，今年 15 岁。

小儿子名叫洪兵，今年 12 岁。

两年前，洪谭从市里彻底搬来农场居住后，三个孩子全都在洪谭的要求下，从学校退学，目的就是为了完全断绝和过去的联系。

报案人是洪谭的妹妹洪琴。“我和洪谭也好多年没联系了，我一直住在上海，离这里太远，洪谭这人平常也不爱和我们这些亲戚联络，昨天晚上很奇怪，洪谭突然给我打了个电话，电话里他只说了一句：‘我把他们都杀了，快来收尸！’然后他就把电话给挂了。我当时吓了一跳，心想不对劲，立马买了票，连夜坐火车赶到这里。我一来，看到农场的大门是开着的，就走了进来，进了屋子，我就在客厅里看到了那封遗书！”

我在屋里见到了洪琴口中的那封遗书，遗书的落款是洪谭，字迹很潦草：

“我把他们都杀了，全都杀掉了！我把他们一个一个弄死，然后塞进焚化炉里。我把他们烧成了炭，然后用碎骨机将他们全部碾成粉末，把骨灰全都撒进了湖里，让他们葬身鱼腹！最后，终于轮到我了！还有我的妻子！我们决定一同死去！一同葬身火海！”

看完这封潦草的遗书，我倒抽了一口凉气，随后，跟着提前赶到的警员一起，来到了农场院落西南处，那里，赫然放置着一台已经生锈的焚化炉。

焚化炉的旁边，还有配套的碎骨机。

在农场里见到焚化炉，我并不感到奇怪。这是动物型焚化炉，在很多农场都有，农场主会用这种焚化炉焚化病死的家畜，例如，得了猪瘟而死的猪，以防止瘟疫蔓延。

此时，焚化炉的门已经打开，我们的同事从里面拖出了两具焦黑的尸体。这两具尸体的焚化并不完全，根据遗书判断，应该是洪谭和他妻子的尸体。

随后，这两具尸体便被送往了市局的法医鉴定中心。

我盯着眼前的焚化炉，凝视了许久，自言自语地疑惑道：“不对呀，如果按照遗书里写的那样，洪谭和他妻子是自杀，也就是说，他们是自己爬进焚化炉的，可是，焚化炉要在外面才能启动，也就是说，这不是自杀，而是他杀？现场还有第三个人存在？”

黄朗站在一旁，听完我的自言自语，没多说什么，而是走进了一旁的小屋，屋子里有一台仪器，是用来启动焚化炉的。

黄朗在小屋里隔着窗户冲我喊了一声道：“老陈，你的问题有答案了。”

我赶忙走了进去。

黄朗指了指仪器上的定时设备对我说：“可以定时的，他们先定好时间，然后钻进焚化炉，时间一到，焚化炉也就自动启动了。”

我点了点头，和黄朗一起离开了小屋，回到了焚化炉前，蒙蒙细雨里，我看着焚化炉里焦黑的炭，尽管是夏季，我还是感觉后背一阵发凉。

突然，我意识到：“焚化炉，必须从外面锁上才能启动对不对？”

黄朗道：“干吗问这个？”

我道：“如果门只能从外面锁上，那么，他们在里面是如何锁的门？”

黄朗也愣住了：“难不成是见了鬼了？”

就在这时，一名警员对我们道：“陈队，黄队，是铁丝。”

我们转身看向他。

那名警员道：“开门的时候，我们发现，门并不是从外面上锁的，而是从里面。”

我问：“从里面怎么上锁？”

那名警员指了指焚化炉的门：“你们看，这里改造过，有两个孔，死者爬进焚化炉，用铁丝穿过这两个孔，拧紧，也就把门从里面反锁起来了，然后，焚化炉顺利启动。”

我和黄朗恍然大悟，看来，的确是自杀没错了。可是，洪谭和他的妻子竟然会想到如此极端的方式进行自杀，也是令人感到毛骨悚然，我能够感觉到，洪谭一定在精神上存在着严重的变态倾向。

傍晚的时候，尸检结果终于出来了。我和黄朗来到法医鉴定中心，在解剖室里见到了龙敏。

龙敏看上去有些疲惫：“我的同事负责验了DNA，和洪琴进行了DNA比对，确定那名死者正是洪谭。我们也找来了那名女性死者的弟弟，进行了DNA比对，确定，死者正是洪谭的妻子顾琳。”

随后，她领着我们来到了解剖台前："首先，来看看顾琳的情况。顾琳的整个上半身都被烧焦，下半身灰化，头部部分组织碳化并不严重，我从这里提取到的DNA。顾琳的气管内没有吸入高温气流所产生的气泡，也没有积碳物质残留，所以，我可以合理地得出结论，顾琳在焚化炉启动前就已经死了，由于没有呼吸，高温气流和燃烧所产生的碳物质也就无法进入其呼吸道内。接下来是洪谭，他就比较惨了，同样下半身灰化，上半身烧焦，但有大面积组织碳化不算严重，能成功提取到DNA。我在他的呼吸道内，检查到了气泡和积碳物质，也就是说，焚化炉高温启动的时候，他还活着，他是被活活烧死的。"

黄朗道："这就有点说不过去了。"

龙敏不耐烦道："我说你烦不烦，哪里说不过去？我看你是非要跟我过不去。你是专业法医，还是我是专业法医？"

黄朗道："你能不能听我把话说完？我家里老人过世，我在殡仪馆里见过类似的焚化炉，这种焚化炉能够产生一千多摄氏度的高温，尸体应该完全灰化才对。"

龙敏深吸了一口气道："这个问题，我也替你们想明白了。你们不是说，洪谭是用铁丝在内部反锁的焚化炉门吗？他当时没死，高温会令他产生反射性挣扎，在挣扎的过程中，他一定会碰撞到铁门，导致铁丝松动，继而导致铁门关闭不严，使焚化炉内无法达到预定温度，于是，也就没能导致尸体完全灰化。另外，我的同事们在碎骨机里提取到了一些人体组织残留，有些部分碳化不算严重，提取到了三个人的DNA，经过比对，应该就是洪谭的三名子女没错了。"

我们在洪谭的农场中掘地三尺，也没能找到那三个孩子的尸骸，难道三个孩子的尸体果真被焚化炉和碎骨机弄成了骨灰？我们在洪谭汽车的油门和刹车踏板上，提取到了只属于盐水湖的泥土成分。而距离我市 150 公里的另一座城市，刚好有一个天然盐水湖。我们立马调查了前往那座城市几个主要高速收费站的记录，果然，在其中一个收费站调取到了洪谭汽车进入该市的监控。于是，我们由此判定，洪谭极有可能就是在那个盐水湖进行抛尸的。

我们立马和当地公安局合作，派出大量鉴证人员，借鉴华人神探李昌钰在美国侦破“碎木机灭尸案”的方法，在盐水湖的湖滩上进行大规模排查，经过长达一个月的地毯式搜索，我们一共找到了三百多份疑似来自人体未完全碳化的微量人体组织。经过艰难鉴定，我们确认，这些组织分别来自洪谭的三名子女。

最终，我们宣布案件告破，洪谭先后杀害三名子女，并用焚化炉和碎骨机灭尸，随后抛尸盐水湖。而后，其残忍杀害妻子顾琳，携带顾琳尸体，进入焚化炉自焚。

我曾经给罗谦辰讲起过这个发生在三年前的案子，因为这个案子轰动一时，是我参与侦破过的最著名的案件之一。

可没想到，罗谦辰当时听完我的叙述，做出了一个难以言喻的表情，过了好一会儿，他向我提出了几个问题：“首先，洪谭为什么要打电话让他妹妹来收尸，并且留下了那封奇怪的遗书？他为什么要在遗书中写下自己详细的犯罪过程？”

我道：“他是在炫耀？就像很多连环杀手一样，炫耀自己杀了多少人。”

罗谦辰没有理会我的回答，继续发问：“你也说到过，那台焚化炉在密闭良好的情况下能够将尸体完全灰化，而完全灰化变成骨灰的尸体，是无法进行DNA检测的。可为什么你们却能够在碎木机里轻易提取到有机人体组织成分？并且，让你们在盐水湖畔也找到了能够用来提取DNA的有机成分？”

我耸了耸肩道：“也许，那台焚化炉并没有我们想象的那么厉害。事实就是如此，我们的确提取到了那些组织。”

罗谦辰道：“为什么洪谭会去一个盐水湖抛尸，并且让你们在油门踏板上轻易提取到来自盐水湖的土壤成分？”

我道：“他疏忽了，没有想到要去清理油门踏板上的泥土。这很正常。”

罗谦辰道：“关键在于，为什么偏偏选择盐水湖这么明显的目标？这个城市周边方圆几百公里，就只有那么一个盐水湖。而淡水湖，数都数不清。他为什么不在淡水湖抛尸？”

我道：“你的意思是……”

罗谦辰道：“也许，这案子没那么简单；也许，洪谭是故意留下这些蛛丝马迹，好让你们找到那些人体组织的。”

我不解道：“可是，洪谭为什么要这么做？杀人犯不是应该极力隐瞒自己的证据吗？他这么做的动机又是什么呢？”

罗谦辰平淡地冲我笑了笑道：“那你就必须先搞清楚，洪谭杀害自己妻子和三名子女的动机究竟是什么。”

当时，我并没把罗谦辰的话放在心上，心想都已结案三年，还有什么必要回头去考虑犯罪分子的动机呢？

动机已经毫不重要，重要的是，洪谭杀害妻子儿女而后自焚的事实。

一切早已成为定局，我们没必要去考虑是什么原因导致了这样的结局。

但前不久，这起案件发生了重大转折。

市里一座高档公寓楼15层一户人家发生火灾，导致两人死亡，一人昏迷，只有一人从火场逃了出来。

两名死者是该户人家的男女主人。

男的叫邓元贤，47岁；女的叫石雪琪，45岁。

另外一名昏迷者，是两名死者的女儿，名叫邓曼，今年16岁。从火场逃出来的则是该户人家收养的一名残疾人，原名不详，被收养后，取名邓刚，今年15岁。

起火时间被确定为深夜11点，当时邓元贤和石雪琪在主卧睡觉。邓曼在书房里看书，而邓刚则在客厅里看电视。火是从厨房里起来的，根据该房屋的结构，厨房和餐厅相连，餐厅与客厅相连，客厅自然位于最外侧，与玄关相连。书房和三间卧室全都在最里侧，要进去必须经过餐厅和厨房之间的走廊，而火势几乎是以不可挽救的趋势，蔓延到了走廊，拦住了邓元贤、石雪琪和邓曼的去路。而位于客厅的邓刚，则冲出家门，向楼下保安求助，保安迅速报了火警，并带队上楼救火。可大楼灭火器由于长时间没有更换，已经过期，无法有效使用，导致火势持续蔓延到了无法遏制的地步。最终，当消防人员赶到，在扑灭火后，发现邓元贤和石雪琪已经死亡，而邓曼被重度烧伤陷入深度昏迷中，正在医院救治，还未脱离生命危险。

起火原因很快被确定，火源来自厨房垃圾桶内的一个烟头。而邓元贤一家无人抽烟，在询问过邓刚之后，调查组得知，当天晚上，邓元贤的同事到其家中做客，那名同事在其家中抽过烟。调查组找来了邓元贤的同事，确定了这一点，于是判断出，当天晚上，邓元贤的妻子石雪琪在收拾垃圾的时候，将烟头倒进了垃圾桶，可由于烟头并未彻底熄灭，导致起火，继而发生火灾，酿成惨剧。

由于这是一起意外事故，所以，完全没必要上升到刑事侦查的层面。可是，我在新闻画面中看到邓刚的时候，突然觉得这个男孩似曾相识，像是在何处见过。

我立马从电脑里调出了三年前那起焚化炉灭门案的案卷资料，资料中依旧保存着一张照片，那是洪谭的儿子洪兵10岁时的照片。

太像了！

实在是太像了！

年龄也刚好对得上，三年前，洪兵12岁，如果他还活着，今年刚好15岁。而邓刚今年，也是15岁的年纪。

难道说，洪兵并没有死？他还活着？

但由于10岁和15岁的长相毕竟存在差异，我也不太确定，于是立马联系到了当时负责这起火灾调查的调查组，询问邓刚的情况，得知，邓刚现在暂住在社区的福利院内。

次日下午，天空飘着小雨，我独自来到了那家社区福利院，在院长的带领下，我见到了邓刚。

院长对我说："这孩子很沉默，来到这里已经一个月了，什么话都不肯说，唉，也是，这事儿搁谁身上，谁都承受不住，更何况是一个孩子。这孩子，左手还有残疾，以前就住在孤儿院里，两年前被那户人家收养，可是却出了这种事故，实在是太可怜了。"

我见到邓刚的时候，他独自坐在宿舍的床上，低着头，我注意到，他的左手的确是残缺的，手腕以下全都没了。

他的右手攥着一把折叠刀，他只有攥着这把刀才敢和人对话，因为，他对所有人都缺乏信任和安全感。

我跟他打了声招呼，他却一直低着头，并没有理会我。

我搬来一把椅子，小心翼翼地放好，在他面前坐了下来。

我凝视着他，越发确定，眼前这个邓刚，和照片里那个名叫洪兵的男孩就是同一个人。

我询问了他很多问题，他都不发一语，也不抬眼看我，直到我问出那句话："你认识洪谭吗？"

只见眼前这个少年的身子颤了一下，随后他摇了摇头道："不认识。"

他开口说话了！

正是如此，我便彻底确定，他就是洪兵，洪兵还活着！

我深吸了一口气道："能告诉我，三年前到底发生了什么吗？"

少年摇着头说："我不知道。"

我接着道："三年前，发生在郊外农庄的那个案子，一个叫洪谭的男人，用家中的焚化炉将自己全家灭门，还烧死了自己，他的三个孩子：洪紫桐、洪将、洪兵，全都失踪，遗书中，他写到，他将这三个孩子全部用焚化炉和碎骨机灭尸，然后抛尸湖中。我们只找到了部分人体组织，确定他的确将这三个孩子碎尸，但我们并没有真正见到这三个孩子的遗体，因为如果真的发生了这样的碎尸，必然是没有完整遗体留下的。但是，当时我们忽略了一点，找到部分人体组织，并不代表这三个孩子全都死了，或许他们还活着。而或许，那个叫洪兵的孩子，此刻就坐在我眼前。"

少年突然抬眼看向我，眼神中充满了绝望的恐惧："你，到底是谁？"

我道："我是当时负责那起案件的警察，我叫陈峰。如果，你就是洪兵，那么，另外两个孩子，也就是你的哥哥和姐姐，是不是也都还活着？你能不能告诉我，三年前，在农庄里，究竟发生了什么？"

少年突然抓狂起来："求求你，求求你，别问了，别问了，我什么都不记得，我真的什么都不记得了！"

为了确定这个少年究竟是不是洪兵，我用棉签提取了他口腔内的皮层组织和唾液成分带回局里，请技术人员进行 DNA 鉴定，将少年的 DNA 和 DNA 数据库里保存的洪谭的 DNA 进行了比对，最后发现，结果吻合，这个少年就是洪谭的儿子——洪兵。

同时，黄朗也在少年待过的孤儿院发回消息："孤儿院的院长说，这孩子是被一个村民发现的，当时他倒在公路上，路过的车辆发现了他，他的左手被砍掉了，还流着血，司机把他带到了当地小镇上的一家卫生站，在卫生站里，医生为他进行了包扎。孩子醒来后，什么都不肯说，什么也不记得了，没办法确定他的身份，因为镇上经常出现这样没有身份的流浪残疾儿童，当地派出所也没有重视，就直接把这孩子送到当地专门收留残疾儿童的孤儿院了。他在孤儿院待了一年，就被发生火灾的那户人家领养了。最关键的是，发现这孩子昏迷的那条公路，是在山里，离发生焚化炉灭门案的那座山庄只有几公里的距离。"

我们立刻前往福利院，将洪兵带到了公安局。

审讯室里，我独自一人负责对洪兵的审讯，我将那份 DNA 鉴定报告递到了少年面前："DNA 显示，你就是洪谭的儿子，也就是说，你就是洪兵。"

洪兵看上去很紧张，瑟瑟缩缩的，依旧低着头。

我接着道："现在，我需要你告诉我，你的哥哥姐姐还活着吗？"

洪兵摇了摇头，语调当中似乎充满了恐惧："都死了。"

我问："他们是怎么死的？"

洪兵咬着牙，语气充斥着仇恨，过了一会儿，他哭了出来："是我爸爸，是我爸爸杀了他们，他把他们全都杀掉了！"

我问："他是如何杀掉他们的？"

洪兵哑着嗓子道："我不太记得了，我不太记得了。"

我道："不要怕，不要紧张，你好好想想。"

洪兵想了一会儿，然后说："我当时，我当时躲了起来，我听到客厅里传来了打斗声，后来我不知道发生了什么。然后，我爸爸拿着一把菜刀，找到了我，我很怕，哭喊了起来，他就拿刀砍我，我用手一挡……"

我看了看洪兵的左手，他的左手就是这样被砍掉的。

洪兵身子发抖，整张脸都乌了："我当时竟然没感觉到痛，真的，我都已经麻木了，只知道一直跑，一直跑，跑出了家门。我爸爸在后面追我，不知道跑了多久，我从山坡上跌了下去，就什么也不知道了。醒来的时候，我就在医院里了。"

我深吸了一口气道："你知不知道，你爸爸为什么要这么做？"

洪兵声音发颤："他疯了……他疯了……他说，我们都被邪魔附体了，他要杀了我们，要用焚化炉将我们烧成灰烬……！"

我一怔，道："你爸爸是否参加过一些集会之类的？"

洪兵摇了摇头道："我不知道，我不知道，但那段时间，经常有人来我家里，我听到他们聊一些奇怪的事情。我爸爸还向其中一个人磕头，下跪，他管那个人叫大师！"

又是邪教！

我问："你知道那些人都是谁吗？"

洪兵道："不知道，但没多久，我爸爸就疯掉了！他每天疑神疑鬼，最后认为我们全都被邪魔附体，认为我们是来害他的！"

我问："那你知不知道，你爸爸为什么要自焚？"

洪兵道："我不知道，我知道的，全都说了，其他的，我不知道，我什么也不知道……"

我立即派黄朗去山庄周边调查，看看那附近有没有邪教组织活动的情况。

当天傍晚，我决定带洪兵去附近的商场吃饭，然后送他回福利院。一路上，他都格外沉默，不肯和我对话。

的确，一个人遭受了这么多巨大的打击，你又怎能指望他能够和正常的孩子一样呢？他的人生早已经被彻底撕裂。

我很担心，担心他会在某一个时刻，彻底承受不住，失去活下去的动力。

我们进了商场，吃饭的地方在商场的七楼，我们进了电梯，电梯里只有我们两个。这时，我突然接到了一个电话，电话是同事打来的。

电话里，同事对我说："邓曼醒了！"

我激动道："邓曼醒了？她有说些什么吗？"

同事道："她说，是有人故意纵火！"

我道："故意纵火？她是怀疑还是确认？"

同事道："她怀疑是她父亲的同事故意放的火！"

我松了口气道："那个不是已经调查过了吗，她父亲的那个同事，不是故意的，这的确是一场意外，让她不要多想，好好养伤。"

这时，电梯门开了，七楼到了，我回过头，看了眼洪兵，洪兵没说话，默默地跟着我走出了电梯。

那顿饭，吃得格外压抑，我感觉到，在这个孩子的身上透露出一股难以遏制的阴郁气息。吃完饭后，我便将他送回了福利院。

可就在次日，局里接到那家商场打来的电话，电话是商场的保安部打来的，他们希望我们能够前往商场，看看昨天下午的一段电梯监控录像。

我们的同事去了，没多久，便给我打来了电话，让我亲自过去看一看。我前往那家商场，进入保安部，看到了那段监控，监控画面中，出现了我和洪兵。

只见电梯上升到第二层的时候，我接了一个电话，随后，我的身后，洪兵掏出了一把折叠刀，弹出刀刃，将刀尖对准我的后背，朝我缓缓走来。可没一会儿，他便收了刀。我也挂断了电话，随后，他跟随我走出了电梯。

这段录像看得我不寒而栗，昨天下午，洪兵准备在电梯里杀掉我？

可是，为什么呢？！

我回忆起电话里的内容，当时我正在和同事讨论邓曼醒来和故意纵火的问题。

洪兵也正是听到了这些才向我举起了刀。

难道说……

我做了一个大胆的推测：或许，那场火灾并不是一场意外事故，而是一场蓄意纵火，那个纵火者便是洪兵。

那么，他电梯里的行为也就解释得通了！

他听到我在电话里谈及邓曼醒来，同时谈及邓曼怀疑是有人故意纵火！就是“故意纵火”这四个字刺激到了他，他以为自己即将被邓曼揭穿，于是提前拔刀，随时准备将我捅翻而后逃逸。可结果，邓曼说的不是他，于是他也就放下心来，将刀收了回去。

如果真的是这样，那么，是否意味着，三年前，郊外山庄的那起焚化炉灭门案，也并非他所叙述的那样？

或许，他一直在撒谎！事情并没有这么简单！

我立马前往福利院，找到了洪兵，当我问及电梯里他的行为时，他却轻描淡写地对我道：“只是开个玩笑而已。”

我愣住了，因为在说这句话的时候，他下意识地冲我笑了笑，尽管那笑容转瞬即逝，但我还是觉得那格外反常。

真的，只是开个玩笑吗？

突然，他一本正经地对我说：“想听我讲个故事吗？”

我道：“好啊，你说，我听。”

他道：“从前，有小白兔一家，爸爸、妈妈、姐姐、哥哥还有弟弟，他们幸福地生活在一起。有一天，小白兔弟弟发现自己被骗了，原来他不是小白兔，而是一条大灰狼，只是寄居在了一只小白兔的身体里。大灰狼想要吃掉小白兔一家，于是，就让小白兔弟弟把农药沾在了小白兔姐姐和小白兔哥哥的胡萝卜上。小白兔姐姐吃掉了带毒的胡萝卜，被毒死了。小白兔哥哥没有吃，小白兔弟弟想要用刀杀掉小白兔哥哥，却被小白兔哥哥用铁链铐住拴在了厨房的铁栅栏上。小白兔哥哥打电话给小白兔爸爸，小白兔弟弟用刀砍断了自己被拴住的那只手，然后从背后将小白兔哥哥砍死了。这个时候，小白兔爸爸和小白兔妈妈回来了。小白兔妈妈有心脏病，看到眼前的景象，当场倒地。

趁着小白兔爸爸抱住小白兔妈妈的空当，小白兔弟弟逃走了。小白兔弟弟也终于变成了大灰狼。我的故事，讲完啦，好听吗？”

听完这个故事，我倒抽了一口凉气，整个耳朵嗡嗡直响，过了好一会儿，我终于开口道：“你，就是那条大灰狼。”

洪兵冲我笑了笑，那笑容格外瘆人：“我什么都不是，这只是一个故事，一个小白兔终于成长为大灰狼的故事。”

我把这个故事讲给了罗谦辰听，监狱的会面室里，罗谦辰听完之后，沉默了半晌，然后对我道：“小白兔并没有成长为大灰狼，他一开始，就是一条大灰狼。”

我道：“可是，我不明白，他是出于什么样的理由和动机去杀害自己的家人？”

罗谦辰道：“有一种人，是天生的犯罪狂，他们天生就具备犯罪型人格或反社会人格的基因，他们杀人，不需要任何理由和动机，哪怕是杀掉自己的亲人，他们也不会觉得有任何道德上的问题。”

我道：“可这个故事并没有解释，洪谭为什么会做出那些极端行为，他完全应该报警的。”

罗谦辰道：“如果这个故事是成立的，那么，洪谭的做法，我倒是能够提供一种推理或者说是解释。”

我道：“请说。”

罗谦辰道：“洪谭所做的一切，都是为了保护洪兵，他不希望自己的儿子因为故意杀人而被警方逮捕。他写下遗书，写明一切犯罪手法，就是为了让你们警方按照这个方向去侦查。他将自己女儿和大儿子的尸体焚化，并且碎骨，就是为了不让警方检查出他们真正的死因。他将自己小儿子砍下的左手也放进了碎骨机里，这样，碎掉的人体残留组织里便有了洪兵的DNA。他故意没有将用来碎骨的组织完全焚化，就是为了留下DNA。他故意选择在盐水湖抛尸，并且在汽车油门上留下盐水湖畔的泥土成分，目的就是为了让警方能够找到那里，并且搜寻到这些人体组织残留。他的妻子因为心脏病发作而死去，他最终选择和妻子一起自焚，目的就是为了让警方认为，他就是一个变态的疯子，他做出这一切都并不奇怪。他所做的一切，都是为了将杀害子女的罪名全部揽到自己身上，同时伪造了小儿子洪兵的死亡。他希望洪兵能够以全新的身份继续活下去。”

我道：“可是，如果真是你推理的这样，那这也太过扭曲了吧。”

罗谦辰道：“人性往往扭曲。当然，这只是我的推测，事实，并不一定如此。”

的确，事实并不一定如此，没有人知道真相是怎样的，我们也没有任何证据能够证明，洪兵就是这两起案件的始作俑者。

我希望罗谦辰错了，我希望小白兔变成大灰狼的故事，真的只是一个故事，我也希望那场火灾真的只是一起意外事故。

但我永远也无法忘记，监控画面中，这只小白兔向我举起的那把尖刀所释放出的寒光。

每当想到此处，我便不寒而栗。

第五个案例

消失的女人

监控录像中，这个女人走出了电梯，之后，她便彻底人间蒸发。

这是一幢建成于20世纪90年代末的高层住宅，住宅一共20层，每层共四户人家，大楼内共有两部电梯，电梯内均设有监控。

大楼的一层为架空结构，并不住人，正面的门洞是大楼唯一的入口，入口处设有一台监控摄像头。

但走廊和楼梯之间并没有安装监控设备。

这幢大楼位于这座小区的外侧，属于还建房，楼内的居民都是曾经居住在这里的村民，目前，楼内依旧居住着76户人家，共228人。

这76户人家一直居住在这幢大楼内，没有人搬走过，可以说，大楼内的业主人员构成十分稳定。

小区的安保并不严苛，外来人员可以自由出入小区。小区内设有保安部，每天会有一到两名安保人员负责整个小区的监控工作。

我们调取了监控录像，发现，那个女人于我们接到报案的三天前夜里8点进入小区，而后进入了那幢还建房大楼内，大楼门口的监控清晰地拍摄到她进入一楼大堂的画面，随后，女人进入电梯，监控画面显示，电梯内只有她一个人，她摁下了13层的按钮；当电梯上升到13层的时候，停了下来，门缓缓打开，女人走了出去，电梯门缓缓合上。之后，这个女人便彻底失踪了。

由于走廊内没有监控设备，我们并不知道女人离开电梯后究竟发生了什么。大楼门口的监控录像，只有女人进入大楼的画面，却没有她离开大楼的画面。

次日凌晨 2 点的时候，有一个男人站在住宅楼一楼大堂抽烟，监控录像显示，他在大堂里抽了五支烟，来回踱步，一直到天亮。

我们找到了那个男人，得知他是该住宅楼 18 楼的业主，当晚失眠，又犯了烟瘾，家里老婆不让抽烟，于是便下楼抽烟，顺便思考人生，一直到清晨 6 点才回去睡觉。而他说，这段时间都没有看到有人从电梯出来。

我们在大楼周边搜寻，也并未找到女人的尸体，因此排除高坠可能。我们的人搜遍了整幢大楼，挨家挨户进行搜查，甚至连电梯井以及楼顶的水箱都不放过，但就是无法寻觅到女人的半点踪影。

“这个女人名叫赫兰，大连人，在我市念的大学，大学毕业后从事模特行业，一直单身独居。报警人是赫兰的闺密，赫兰失踪的第二天，她闺密给她发微信，一直没人回复，打电话手机也关机，一连两天她都无法联系上赫兰，于是，就直接去了赫兰家里，可是敲门无人回应，她确定赫兰出事儿了，于是当即报了警。派出所的民警叫来开锁匠，打开了赫兰家的门，可是，赫兰并不在家中，家里的快餐食物都已经发臭，可以判断，家里已经好几天没有人了。而赫兰的衣物行李全都在家中，并没有出远门的迹象。也就是说，正如赫兰闺密判断的那样，赫兰很可能出事儿了。我们立即立案侦查，三天后，我们接到那个小区的门卫保安提供的线索，那名保安称，上周六晚上是他值班，见到一个身形和我们公布的照片中赫兰样貌很像的女人走进了小区，随后，那个女人转身走了回来，向他询问 12 号楼怎么走，他便给这个女人指了个方向，之后，这个女人便朝 12 号楼走了过去。我们当即前往保安室，调取了 12 号楼的监控录像，果然，当监控录像播放到当晚 8 点 5 分的时候，我们看到一个红衣女子走进了那幢住宅楼，随后，这个女人走进了电梯，我们经过对比，确定这个女人就是赫兰！可是，这个女人在 13 层离开电梯后，却彻底失踪了，一点痕迹都没有，也没人知道她去那幢楼干什么。我们足足找了一个星期，什么都没找到。”

监狱的会面室里，我向罗谦辰详细陈述了整个案件的情况。

罗谦辰听完之后道：“算上你们搜寻的这段时间，也就是说，这个女人已经失踪了差不多半个月了。”

我点了点头道：“我们就差把地基挖开来找了！”

罗谦辰道：“监控录像有被动过手脚吗？”

我道：“我们请专家检查过，监控录像不存在剪辑痕迹。”

罗谦辰道：“你确定那幢住宅楼只有那一个出口？”

我笃定道：“是的。小区内有监控，小区大门也有监控，但并没有拍摄到赫兰离开大楼和小区的影像。”

罗谦辰道：“如果你说的这些都是事实，那么，那个女人一定还在那幢大楼内。”

我道：“我们已经把那幢大楼翻了个底朝天，每家每户都找了，没有放过任何一个角落，但是，始终找不到人！”

罗谦辰突然眼神下垂，像是在思考什么，过了好一会儿，他终于开口道：“检查过血迹吗？”

我道：“你怀疑，赫兰遇害了？”

罗谦辰道："既然找不到人，人可能已经死了，而大楼和小区内不具备藏尸条件，所以尸体一定已经被凶手运出了小区，凶手肯定不可能扛着整具尸体出去抛尸，那样目标太大，所以，他一定会将尸体肢解，只要分尸，就一定会留下血迹。而血迹，即便被擦掉，也会在荧光设备以及特殊粉末下现出原形。另外，注意观察那几天的监控录像，凶手分尸，一定需要用包裹将尸体一部分一部分地运出去，由于时间短暂，他一天会重复很多次这样的行为，注意观察大楼门口的监控录像，只要找到这样的人，十有八九就是凶手没错了。"

听完罗谦辰的分析，我恍然大悟，立即带人前往那幢住宅楼，挨家挨户进行血迹检测，可是，却并未发现疑似分尸或凶杀留下的大面积血迹。只在三户人家的卫生间里检测出了大面积血迹，但经过鉴定，那全都是鸡血，那三户人家最近在家里杀过鸡。

我们也细致观察了赫兰失踪后每一天的监控录像，但并未发现罗谦辰所说的可疑人员，所有人都和平常一样，正常出门，正常回家，也并没有看到携带可疑包裹的人。

看来这次，罗谦辰的分析出现了严重失误。

没有检测到血迹，没有找到涉嫌抛尸的可疑人员，那个女人从未离开大楼，而找遍了整座大楼都找不到那个女人，可事实上，的确有一个女人失踪了。那么，这个名叫赫兰的女人，究竟去了哪儿？

如果女人果真死了，那么，凶手在和女人搏斗的过程中，一定会发出声响。即便女人是在昏迷中被杀死的，那凶手要在一夜之间进行分尸处理，势必会产生极大的动静。可是，我们问遍了楼内所有的住户，他们都说，当晚并没有听到任何类似的声响，一切都很安静。

我把这个情况反馈给了罗谦辰。

罗谦辰听完之后，竟然陷入了沉默，这是我最不希望看到的。

我道："你也觉得很棘手，对吗？"

没想到，罗谦辰却突然问了我一个十分奇怪的问题："或许，不是在屋里呢？"

我一愣："什么？"

罗谦辰道："你们在每一位住户的屋里都找不到血迹，是不是意味着凶手根本就没在自己屋里进行分尸？"

我道："那还能在哪儿？难不成在走廊里？"

罗谦辰道："不是没有这种可能，你们是否检测过走廊里的血迹？"

我深吸了一口气道："我觉得没那个必要吧。凶手怎么可能会在走廊里分尸？邻居很快就会发现的！"

罗谦辰道："照我说的做就是了，先不要问那么多。"

见罗谦辰说得这么肯定，我将信将疑，决定试一试，于是又组织技术部门的同事，对整幢大楼的走廊包括楼梯间进行了全面血迹检测，果然如罗谦辰所言，我们在 20 楼走廊的瓷砖上检测到了好几处血液被冲洗擦拭过的痕迹。

但血迹面积并没有我想象的那么大。

这个龙敏向我解释过："一个60公斤成年人的血液含量大约是4200毫升~4800毫升，如果全都泼在地板上，蔓延开去，会有一种血流成河的感觉。但由于人死后，血液循环彻底停止，仅半小时，体内血液就会开始凝固，出现尸斑现象，时间越久，血液凝固和向下沉积便越严重，所以，凶手在死者死后数小时对其进行分尸，尸体液态血量会变少，血液并不会像人活着时那样大量喷涌而出，所以犯罪现场形成的血液面积也不会特别大，由于心脏停跳，更不会形成动脉喷溅式血迹。"

我立马找到罗谦辰，情绪激动地对他说："找到了！和你说的一样，我们在 20 层的走廊里，检测到了血迹，初步判断，应该是死者的，而从血迹的形态来看，的确像是分尸的时候留下的。我们根据现场的一些毛发残留，提取了 DNA，同时联系到了赫兰的家人，经过 DNA 比对，我们确定，那就是赫兰的 DNA！"

罗谦辰冲我微微一笑："此刻，你一定感到颇为疑惑，为什么凶手会在走廊里分尸，并且不被任何人发现？为什么赫兰从 13 层离开电梯，血迹和毛发组织却出现在了 20 层？"

我急迫想要知道答案："是啊，快告诉我，到底是为什么？"

罗谦辰道："我可能知道答案，但我并不太确定，我还需要更多的佐证来证实我的推测。"

我道："还需要我做些什么？"

罗谦辰缓缓道："去调查一下他们的过去。"

我道："谁的过去？"

罗谦辰道："那幢住宅楼里的全体住户。"

我道："我们调查过，那幢楼是还建房，里面所有的住户过去都是那里的村民，20 世纪 90 年代末之前，那里全都是农村，经过了十多年的改造，才有了现在的模样。"

罗谦辰淡淡道："你们调查得还不够细致。"

的确，我们确实没有对这些住户过去的历史进行过细致调查，只是大概了解过他们过去的情况，因为，调查这些住户的过去，似乎和这起案件毫无关系。但是，我还是遵照罗谦辰的要求，开始了这项调查工作。

在调查过程中，我逐渐了解到了一件发生于 20 世纪 90 年代的凶案。

在1995年的那个冬季，格外寒冷，下着很大的雪。村民郭爱农站在雪地里，他的身后，便是自己生活了一辈子的村子，而他的面前，是一台巨大的挖掘机。

这是1995年的最后一天，开发商老总给拆迁公司下了死命令，必须在今天不惜一切代价完成拆迁工作。

尽管政府再三强调，在与村民全部谈好条件之前，禁止进行任何拆迁工作，但黑心的开发商似乎已经等不及了，因为，他们已经在这个项目上耽误了一年半。今天，哪怕是承担被政府处罚的风险，开发商也一定要坚持完成拆迁。

郭爱农已经年过五旬，当了一辈子语文老师，是个读书人，他黝黑的面庞上布满了裂纹般交错纵横的沟壑，他骨瘦如柴，孤零零一人站在那台硕大的钢铁机器前，显得格外不堪一击。

但他还是站在了那里，代表全体村民的利益，他挺身而出。

挖掘机后面，站着一排拆迁公司的工人，不一会儿，一个老板模样的人走了出来，他手持一台高音喇叭，冲着郭爱农，以及郭爱农身后的全体村民高喊道："今天，是你们最后的期限！你们最好立刻答应我们的条件，和我们签订合约。即便你们不同意，今天，我们也必须完成拆迁工作！我给你们最后10分钟，好好考虑！记住，这是你们最后的机会！"

然而，郭爱农依旧站在那里，任凭风雪切割他的面颊，他都岿然不动，他高喊道："不答应让我们原址回迁！不按照市价给予我们补偿，今天你们就休想踏入村子半步！除非，你们从我身上碾过去！"

拆迁公司老总立马举起喇叭高喊道："你还真别以为我们不敢！我劝你立马让开，或者带着你村里的人过来和我们签订合约，今天，我们必须完成拆迁，劝你们再不要做任何无谓的挣扎！"

郭爱农没再说话，他站得更加笔挺，一步也不退让。

十分钟很快就到了，拆迁公司老总看了看表，再次举起高音喇叭："时间到了，我再问你们最后一句，是否愿意和我们签订合约？"

郭爱农没有回答，村子里没有一个人站出来回答。

拆迁公司老总勃然大怒，大喝道："给老子碾过去！"

挖掘机的驾驶室内，驾驶员紧张地探出脑袋，回望老总道："老板，真碾过去呀？会死人的！"

老总大喊道："碾过去！给老子碾过去！老子不信他不让开！"

挖掘机碾了过去，结果，郭爱农并没有让开半步，鲜红色的血在白色的雪地上蔓延开来，整个世界仿佛瞬间变成了黑白色，只剩下鹅毛般的雪花在缓慢地落下。

郭爱农的儿子郭新民当时才不到30岁，正在深圳一家玩具厂当流水线拼装工人。得知父亲的死，他立马从深圳赶回了家，灵堂里，他抱着老父亲的尸体号啕大哭，那一刻，他心中悲愤交加，仇恨凝聚到了极点。

老人讲到这里，缓缓地抽了一口烟，他当时是隔壁那个村子里的村民，也算是见证了这一切的发生，他叹了口气道："后来的事情，我是在报纸上看到的，郭新民为了给他父亲报仇，跑到拆迁公司，捅死了好几个人，最后把那拆迁公司的老总给杀了。那孩子被判了死刑，当时他们全村人上书，盖手印，求轻判，但没办法，杀了人就是杀了人，还杀了好几个，不判死刑，还能怎么办呢？”

我道：“当时你们村同意了拆迁？”

老人点了点头道：“不同意能行吗？唉，大家也都将就了。不过，郭爱农这么一闹，他们村倒是在政府的帮助下，从开发商那里得到了应有的权益。”

我问：“郭新民是不是还有一个儿子，叫郭立人？”

老人又抽了一口烟，然后将青烟徐徐吐出道：“我不记得那孩子叫什么名字了，只知道郭新民死后，那孩子就被村里人集体养了起来，所有人都在血书上签了字，摁了手印，说是都要把这孩子当自己的亲生儿子对待。”

我给老人递上一份名单，名单上是那幢还建楼全体业主的名字。

老人抽着烟，眯着眼睛看完之后，对我说：“这些人，全都是郭爱农那村子里的村民。”

我点了点头，确认了这个事实，然后将这些情况全部反馈给了罗谦辰。

罗谦辰听完之后，说了五个字：“可以抓人了。”

我一愣，道：“抓人？抓谁啊？”

罗谦辰道：“所有人。”

我以为自己听错了：“你说什么？”

罗谦辰重复道：“所有人。”

我道：“你让我把那幢楼里的所有人都抓起来？你开什么玩笑？”

罗谦辰道：“目前唯一合理的解释，便是，那幢楼里所有的人，都参与了犯案。”

我道：“这不可能！”

罗谦辰道："根据你的调查，这些人以前全都是同一个村子里的村民，为了报答郭爱农和郭新民的恩情，他们将郭立人当自己的亲儿子对待。那个叫赫兰的模特，极有可能是被郭立人以某种方式骗到了他的住所，然后，他对她实施侵犯，遭到了赫兰的极力反抗，在这个过程中，郭立人失手掐死了赫兰。之所以是掐死或勒死，是因为你们并未在郭立人家中检测到血迹。郭立人很慌乱，寻求楼内长辈们的帮助。楼内的长辈们为了遵循早已立下的血书，协助郭立人，将赫兰的尸体通过楼梯从13楼搬到了20楼，目的就是为了远离郭立人所在的13楼，混淆视听。楼内所有人都走楼梯，目的就是为了不被电梯内的监控拍下。你之前不是说，赫兰进入那幢大楼的次日凌晨2点，有个男的在一楼大堂抽烟一直到天亮吗？"

我道："他说他失眠。"

罗谦辰道："他不是失眠，而是在一楼把风，防止有楼外的人意外进入大楼。而其他人，全都在20层协助分尸。他们在走廊里进行分尸，目的就是为了不让血迹出现在任何一个人的屋内，而后，他们清洗了血迹，各自带着一小部分尸块回家。"

我道："可是，抓人是需要证据的，这些都只是你的推测，我需要的是切实的证据。"

罗谦辰道："他们带着尸块回家，一定会对尸块进行处理，常见的办法就是烹煮，你们可以对他们家中的锅碗瓢盆进行检测，当然，这么多天过去，想必他们已经对这些分尸器具进行了清洁或销毁遗弃，但有一个地方，一定会被他们疏忽，那就是厨房水槽的排水管道。肉块被烹煮之后，肉汤会被倒入水槽，那么，就一定会在排水管道内留下人肉纤维组织，即便他们对管道进行过长时间冲洗，还是会有一定的纤维组织残留。至于他们是否会更换排水管道，这个不是没有可能，但是，一定还会有大量的住户没有更换，因为，毕竟不是每一个人的思维都那样缜密。”

我立马派人对那幢住宅楼的全部76户人家进行了彻底检查，果然，我们在65户人家的厨房水槽排水管道中提取到了微量的人肉纤维组织，经过DNA比对，那些人肉组织全都来自同一个人，那就是赫兰!

随后，我们将整幢楼的人全部控制。

经过审讯，我们最终得知，正如罗谦辰所推测的那样，案发当晚，郭立人以工作面试为由，通过微信，将赫兰骗到他的住所，然后企图对她实施强暴，但遭遇赫兰反抗，在这个过程中，郭立人用手将赫兰掐死在了自家客厅。随后，他寻求大楼内长辈们的帮助，于是，整幢大楼的住户，全都帮助他完成了对赫兰的分尸，将尸体分成了两百多份，各自带走。目的，就是为了掩盖郭立人的犯罪事实。

可是，直到审讯结束，他们就是不肯说出他们将那些尸块抛到了何处。但案子，总算是告破了。谁也没想到，一幢楼的76户人家，共228人，全都参与了这起分尸案，这也成了我市轰动全国的大案之一。

在审讯其中一位嫌犯的时候，我格外愤怒，那位嫌犯已经年过七旬，是这起分尸案的组织者，当他在审讯室里面对我的时候，对我说出了这样的话：“我们没有错！”

我道：“没有错？杀人分尸无错，那你认为什么才是错的？”

他道：“我们是在兑现当年的承诺，那孩子的爷爷和父亲都是为了保护我们村民的利益才死掉的，所以，我们必须偿还。”

我厉声道："协助凶手分尸，掩盖案情真相，这就是你们偿还的方式吗？任何犯罪都不值得同情；任何罪犯都必须得到应有的惩罚！"

他只是淡淡地看着我，没有任何表情，也不再回答任何问题。

我从他空洞的眼神中，看到的，是某种道德观的扭曲。

为了感谢罗谦辰帮助我们顺利破案，那天傍晚，我从西餐厅订购了上好的安格斯牛排，在监狱的会面室里，和罗谦辰一起共进晚餐。

罗谦辰冲着我淡淡一笑道："要是再来瓶葡萄酒就完美了。"

我道："监狱规定，不允许带酒进来，能把这牛排和刀叉带进来，已经是特别关照了。"

罗谦辰拾起刀叉，正准备动手切割牛排，却突然停顿了下来，那双深邃的眼眸平静地看着我道："你还有问题没有搞清楚，对吗？"

我道："是的。到目前为止，我们都不知道，赫兰的尸体被抛到了什么地方，我们在城内四处搜寻，也没能找到线索。"

罗谦辰道："也许，那些尸块根本就没有离开过大楼。"

我一怔，道："怎么可能？整幢大楼都找遍了！"

罗谦辰不置可否地笑了笑，然后举起刀叉，切下一小块牛肉送进了自己嘴里。

他什么也没说。

我看着他咀嚼肉块的样子，似乎明白了什么，又似乎什么也不明白。

第六个案例

红字连载杀手

当我们抵达那间出租屋的时候，看到的不仅仅是两具血肉模糊的女性尸体，还有几乎覆盖了半面白色墙壁的血红色的字，格外扎眼，看上去就像是用血写上去的一样，其实并不是血，而是红色的铅笔。

出乎意料的是，墙上的字迹格外规整清晰，没有丝毫凌乱，这和我们过去在案发现场发现的凶手字迹截然不同，大多数凶手在杀完人后，出于格外亢奋和紧张的状态，字迹相对都会比较潦草和狂放。

而最大的不同，并不在于此，而在于墙上字迹的篇幅，整整半面墙密密麻麻的文字，内容如同日记一般：

我已经记不清具体的时候了，是在我十一二岁的年纪，我开始有了这样的症状。我总能看到眼前飘浮着一枚螺丝钉，我必须找到一个孔，将这枚螺丝钉拧进去。

我一直在寻找，一直在寻找，可是，却怎么也找不到那个孔。

有很长一段时间，我都尝试着不去理会它，可是，这种方法并不奏效。它开始旋转，有时候沿顺时针旋转，有时候又变成了逆时针旋转。它每天在我的脑子里重复地旋转着，从未停歇，我感觉好累，以为在梦里能够变得轻松。可是，梦里，我依旧能够看到那枚螺丝钉在旋转着。

那段时间，我无法干任何事儿，成绩一落千丈。我知道，如果不能找到那个孔，我永远都无法从这种状态中解脱。

因为这个毛病，我被迫休学了一年，爸爸妈妈还带我去看了医生。

老实说，第一眼看到那个医生，我就非常讨厌他。他看上去就和我的班主任老师一样，严肃，刻板，不怀好意。

那医生了解了我的情况，说我得了强迫症。我总能够看到一枚不停旋转的螺丝钉，是一种强迫性思维所导致的结果。

他给我开了药，可是，我根本不愿意吃那些药，我知道，那些药对我不会有半点帮助，只会毒死我！

没错，那个医生想要毒死我！

我的爸爸妈妈强迫我吃下那些药，他们全都想要毒死我！可我不能死！我假装吃下那些药，趁他们不注意，将药全都呕吐进了马桶里，然后用水冲走。

可是，这事最终还是被发现了。

那天晚上，我正在马桶前呕吐的时候，爸爸突然出现在了我身后。那一刻，我不知道该怎么办。

我立马撞开他，逃出了厕所，他在我身后追赶，最后，我无路可逃，随手抓起茶几上的水果刀朝他刺了过去。

爸爸就这样倒在了我面前，我吓坏了，扔下刀，整个人蜷缩在墙角。

爸爸当时并没有死，我被妈妈送到了精神病医院，从此，我再也没有见过他们。他们不愿意来看我，就像躲避一场瘟疫。

还是那个医生，没错，还是那个医生，那个令人生厌的医生！

他每天给我吃各种药，我不知道那些药都是什么，但我确信，那些药会毒死我，会慢慢地、毫无征兆地在未来的某一刻将我毒死。

我必须找到办法，逃出这家医院……

墙壁上的文字到这里，便结束了，显然，这个故事还没有讲完。我和黄朗凝视着墙壁上的文字，双双打了个冷战。墙壁上的文字，似乎正是凶手的自白，他在向我们描述他发疯的过程。

黄朗倒抽了一口凉气："看来这又是个疯子！"他把手伸进口袋，掏出一包烟，但被我制止了。

黄朗道："老子出去抽！"

随后，他便转身离开了出租屋。

技术人员们正在收集现场证据，我仔细观察着案发现场的情况。这间出租屋不大，大约30平方米，是一个单间，进门右手边是厕所，厕所内有盥洗台和淋浴，由于空间狭小，洗衣机也被塞在了厕所里。

再往里走，便是一张大床，两侧是床头柜，床的对面是电视柜，上面放着一台老旧的显像管电视。还有一张书桌，书桌上有一台笔记本电脑。书桌旁是一台小型电冰箱。出租屋是在地下室，没有窗户，红字就写在正对着门的那面墙壁上。

两名死者均为女性，看上去像是一对母女，年龄悬殊，一个看上去应该有 40 多岁，一个看上去才 20 岁出头。

前者，仰面躺在床上，胸口、腹部、背部、颈部均有刀痕，整个床单都被染得血红，床头和天花板上均发现中速喷溅形血迹。

后者，倒在淋浴间的地板上，浑身赤裸，背部、腹部、颈部均有刀痕，淋浴间内充满了喷溅形血迹，地板上有血液拖拽过的痕迹。

进门处有喷溅形和滴落血迹。

我很快便在脑海中模拟出当时的情况。

案发时，年纪较小的那名死者，正在厕所洗澡。凶手敲门，他可能是死者的熟人，也可能以某种方式骗开了门，例如，伪装成快递员或外卖员之类的。

年纪较大的那名被害人，听到敲门声，前去开门，凶手闯入，正面用刀捅杀该名死者腹部，该名死者转身往里逃，凶手又朝死者背部猛刺数刀，死者仰面倒在床上，凶手摁住死者，正面猛刺数刀，而后对其割喉。

而正在洗澡的那名年轻被害人听到动静，准备冲出厕所，却被凶手拦住，在厕所内被连刺数刀后倒地，向厕所外爬行，被凶手摁住，背部连续中刀，最终死亡。

凶手在杀完人后，不慌不忙，用早已准备好的铅笔在墙上写字，我推测，他是提前准备好了转笔刀，当铅笔的笔芯写顿之后，削尖，继续书写，直到完毕为止。我们在现场也发现了铅笔的碎屑。

而后，凶手离去。

次日，正好是收租日，房东何旭东当天上午前来收租，发现尸体，旋即报警。

正当我在脑海中努力分析案情的时候，只听到出租屋外，黄朗急匆匆地向我跑来，对我说：“老陈，跟我来！”

我看了他一眼，明白黄朗一定是有了什么意外的发现，于是，跟着他离开了出租屋所在的地下室。

他指了指地面，我看到地面上有两个烟头：“左边那个是我的，右边那个很可疑！”

他戴着手套，将那个烟头拾了起来：“你看！”

我仔细一看，烟头上面沾着血迹。我立马安排物证人员将这枚烟头保存带回进行痕迹检验。

我们也很快确认了两名死者的身份。她们并不是母女，而是同事关系，年纪稍大的那位名叫朱叶贤，今年 40 岁；年纪较小的那位名叫张晨，今年 25 岁。她俩全都是本市一家玩具厂的工人，合租在这间地下室里。

验尸结果和我预判的几乎一致，龙敏对我们说：“死者朱叶贤，腹部中两刀，胸部中五刀，三刀刺穿肺部，两刀贯穿心脏。背部中两刀。颈部一刀，深达 3.8 厘米，长约 10 厘米，割断动脉；死者张晨，腹部中五刀，背部中十刀，致命一刀来自颈部，刀痕深度 6 厘米，长约 8 厘米，割断颈部动脉。两名死者的死亡时间基本相近，均在昨天深夜 10 点到次日凌晨 1 点。”

由于案发现场位于地下室，而那间地下室里又只有两名死者那一户租客，所以找不到任何证人。地下室外，也没有任何监控设备。而犯罪现场，没有提取到任何可疑指纹，怀疑凶手作案时戴了手套；也没有提取到可疑毛发，怀疑凶手戴了头罩；也没有提取到脚印，怀疑凶手戴了鞋套。

如此缜密，却百密一疏。那就是黄朗在地下室门口发现的那个烟头，烟头上的血迹经过鉴定比对，来自两名死者，于是，我们推测出，凶手在作完案后，在地下室门口抽了一支烟，在取烟的过程中，他手套上沾有的被害人血迹沾到了烟卷上。我们在烟嘴上提取到了唾液成分，也提取到了凶手的 DNA。

经过比对，我们发现，房东何旭东的 DNA 与烟嘴上提取到的 DNA 吻合。

何旭东，曾经是一家报社的首席记者，后来因为工作失职等，两年前被报社解雇，而他的妻子在一个月前和他离婚了。

我们立马将何旭东带到了审讯室。我和黄朗负责对他进行审讯。

何旭东显得很慌乱："二、二位领导，抓、抓我干什么啊？我可是报案人！"

黄朗道："你少废话。从刑侦的角度来讲，报案人的嫌疑往往最大！"

何旭东道："不、不是，你们该不会是怀疑，怀疑是我杀了她们吧？"

黄朗道："你就别装了。我们在案发现场那个地下室的门口发现了烟头，烟头上沾着被害人的血，而烟嘴上提取到了你的 DNA！这个你要怎么解释？"

何旭东慌张道："我、我、我，我是在门口抽了一支烟，但、但，但人真不是我杀的呀！"

黄朗道："不是你还能有谁？！你杀了两名被害人，情绪激动，于是到门口抽了一支烟，而你却忘了身上沾有被害人的血，在这个过程中，你手上沾的被害人的血沾在了烟卷上。所以，你就是凶手。"

何旭东急得不知所措道："我，我，我真不是啊！"

我深吸了一口气，将那个烟头的照片和鉴定报告放在了他面前：

“你再好好想想？”

何旭东看着照片里的烟头，片刻之后道：“我，我是抽过，这牌子是我抽的烟。”

黄朗道：“你终于承认了。”

何旭东连忙解释道：“不不不，领导，领导，你搞错了。我是抽了烟，但是，人不是我杀的呀。”

我问：“那你怎么解释烟上面有被害人的血迹？”

何旭东道：“我去收租，敲门，门内没人回应，我就用钥匙打开了门，发现了尸体。我当时很乱，反正，我应该是那个时候沾到血的。我报了警，就在门口等，等的时候抽了一支烟，血应该就是这样沾上去的。”

我和黄朗互相看了看，觉得他的解释似乎也说得过去。

随后，我们调查了何旭东昨晚的动向，发现昨天晚上他在一家棋牌室打麻将，打了一个通宵，输了钱，一大早便去收租了。棋牌室的监控和老板以及他的牌友都能证明这一点。也就是说，何旭东的作案嫌疑，一瞬间就被排除了，他有着完美的不在场证明。

这也意味着，唯一可能的微物证据线索，也就此断掉了。

那么，接下来的侦破方向，便是墙上的、疑似凶手留下的那段红色的文字。

从那段文字来看，凶手应该是一名精神病患者，至少，是少年时代患上过精神疾病的人。他捅伤过自己的父亲，还住过精神病院。

一方面，我安排黄朗带人去循着这个方向调查，去调查市里的几家精神病医院是否曾经有过与此相同经历的患者入院。

另一方面，我带着这段文字的现场照片，进入监狱，找到了罗谦辰。

我见到罗谦辰的时候，他正光着膀子在牢房里锻炼，他浑身都是健美的肌肉。狱警打开门，我走进了牢房，罗谦辰正靠着墙壁倒立，随后开始了“倒立式俯卧撑”。

我站在他身前，看着他锻炼，惊叹于他的体格：“你每天都这么锻炼吗？”

罗谦辰一边锻炼一边道：“囚徒健身法，能让人在牢笼里也同样保持强健的体魄。”

我半开玩笑地问：“练得那么强壮，是打算越狱吗？”

罗谦辰笑了笑，尽管正在进行如此高负荷的运动，他的表情却显得很轻松，他淡淡道：“如果我想越狱，我早就逃走了。有新案子了？”

我点了点头，将那张照片扔到地板上，推到了他眼前。

他一边健身，一边面朝下看着照片上的文字，片刻之后，他对我道：“看得出，凶手是一个既缜密又冷静的人，他有较高的文化，心理素质特别强，以至于能够在杀完人之后还长时间停留在犯罪现场留下这段文字。”

我问：“这段文字，凶手所描述的内容，是他自己吗？”

罗谦辰道：“可以确定，是他自己，他有着很强的表达欲望，想要让世人知道他独特的经历。所以，他还会继续杀人，因为，他要持续连载这个故事。”

我一怔，问道：“你说什么？！连载？”

罗谦辰道：“是的，可以推断，在下一个案发现场，你们会看到这个故事的后续。这个故事不连载完，他是不会停手的。”

我感觉后背一阵发凉：“你能推测出，凶手下一步会在哪里作案吗？”

罗谦辰道：“凶手肯定向一些报社、杂志社或者出版社投过稿，从照片中的行文来看，凶手像是照着稿子抄下来的，因为字迹十分工整，语句通顺，而且没有一个错别字和修改过的痕迹。所以，并不是现场即兴创作，而是事先有底稿。”

我问：“那你怎么肯定，他把这个稿子向外投过？”

罗谦辰道：“这正是他的犯罪心理。他将自己的精神病经历记录下来，目的就是想要发表出去，让大众看到他的故事。但是，他却被各大报刊拒绝了。他一定也发到过网上，但是，他的帖子一定是乏人问津。所以，他想到了一个更为轰动的方式，那就是，在杀人现场留下自己的文字，这样，他的文字内容便会在大范围曝光。”

我道：“所以……”

罗谦辰道：“你们可以去互联网搜索，还可以去各大文字媒体寻找，如果能够找到故事的完整内容，就很有可能判断出凶手下一步的行动！”

我当即选择在互联网上搜索，并且联系了网监局的同事，可是，我们并没有在互联网上寻找到任何相似的文章。

当我再次找到罗谦辰时，说起这个情况，他对我道：“就目前来看，凶手应该不会使用键盘。”

我道：“你是说，他不会打字？”

罗谦辰道：“如果一个人，一直在接受精神方面的治疗，那他很有可能没有多少机会使用键盘，所以他并不会打字，只能用书写的形式，你们在网络上自然也就找不到任何线索了，因为他根本没有进行过网络连载。”

我道：“可是，国内的出版机构实在是太多了，我们恐怕没有太多时间去一个一个询问。”

罗谦辰道："可就目前来看，也只有这么一个办法了。"

我们一方面不断地联系各大纸媒机构，询问它们是否曾经接收到类似的稿件，另一方面通过报纸和电视将凶手的内容公开，希望有纸媒能够看到，然后与我们联系。

可是，整整一周过去，没有任何一家文字媒体联系我们，而新的案发现场如罗谦辰所预料那般出现了。

那天上午，我和黄朗驾车穿破城市的重重迷雾，来到了案发现场。

案发现场也是在一幢老旧的公寓楼七楼的一户人家，一家三口，全部惨遭灭门。杀人手法和之前如出一辙。

而主卧南面的墙壁上，出现了密密麻麻的红字：

我时刻都在谋划着如何逃离这家医院，却毫无办法。有一天，我的室友悄悄问我说："你想逃出去吗？"

我点了点头道："要怎么逃出去？"

室友对我说："穿墙。"

我嘲笑他道："我看你确实有病。"

室友神经兮兮道："我没病，我确实会穿墙，今天晚上我就可以穿墙逃出去了。"

我根本不相信他，可是，第二天早上，当我醒来的时候，他的确不见了。医院的医生和护士四处寻找，都不见他的踪影。凑巧的是，那天晚上，医院的监控录像出现了故障。没有人知道他去了哪儿。

警察也找不到他。

只有我知道，他是穿墙逃走了。

这令我相信，在这个世界上，的确存在着穿墙的能力。可是，该如何穿墙呢？我开始回忆，我的室友每天的行为，渐渐地，我注意到了一个细节。

我的室友每天都会对着墙壁凝视整整四个小时。

也许，这就是穿墙的诀窍。

于是，我也开始凝视着墙壁，每天凝视，想象着自己穿过墙壁的画面，我相信，总有一天，我也能穿墙而出。

很快，越来越多的人加入了我的行列，他们全都想要获得穿墙的秘诀……

·

凝视着墙壁上的文字，我和黄朗面面相觑，正如罗谦辰所说的那样，凶手是在连载他的故事。从故事内容上来看，凶手患有明显的妄想型精神分裂症。不过，这个故事为我们提供了一个更为明显的线索，我们立即着手联系全国各大精神病医院，最终，一共查到 32 家医院出现过病人失踪或逃跑的情况。

我们假设，凶手真的完成了他所谓的“穿墙而出”。他利用某种现实中可行的方法，成功逃离了精神病医院，然后开始了他精神病态的连环杀人。

就在我们调查这 32 家精神病医院的过程中，新的案发现场出现了，我们也以此掌握到了规律，凶手是每 10 天作案一次。

案发现场位于郊外的一座独栋双层小楼内，被害人是一对夫妻，我们在二楼的墙壁上发现了凶手写下的红字：

没多久，我的房间里，来了另一位室友。这位室友告诉我说，他有特异功能，能够看穿我的心思。

我根本不相信。

可是，他却对我说："你的脑子里有一颗螺丝钉。"

我当时就愣住了，心想，他是怎么知道的？

他接着说："那颗螺丝钉在你的脑子里转啊转，转啊转，你感到很痛苦，你一直想要把那颗螺丝钉取出来。"

我连连点头道："是的，是的，我一直在找一个孔，只要找到那个孔，我就可以把螺丝钉拧进去，它就不会继续旋转了！"

他神秘兮兮地对我说："不用那么麻烦，我可以帮你把那颗螺丝钉取出来。"

我道："你要怎么帮我？"

他道："我说过了，我有特异功能，我可以进入你的脑子里，帮助你取出那颗螺丝钉。"

我道："好啊，那你快点进来！"

那天晚上，我睡了一觉，第二天醒来，这个新来的室友也不见了。我脑子里的螺丝钉也不见了。

没有人知道他去了哪儿。

直到有一天，我听到一个声音："唉，我在这儿。"

那个声音好像就在我耳畔，我便问："你在哪儿？"

那个声音对我道："我在这儿呢，我在你脑子里面。"

我听出那是我室友的声音，原来，他真的跑到我的脑子里了……

我们还是没能在案发现场找到有价值的线索，而凶手所留下的红字内容越发诡异、扭曲、不知所云。

回去的路上，黄朗开车，我坐在副驾驶位置上，他一边开车一边说道："我在想，也许根本就没有什么含义！"

我道："你说那些红字？"

黄朗点了点头道："也许自始至终，都只是一个精神变态的臆想，根本毫无意义！研究这些红字，只会干扰我们的侦查方向！也许，那个变态杀手就是故意留下红字，来搅乱我们的思维，拖延我们的调查时间，好为他下一次犯案争取机会！"

黄朗说的话不无道理，就有连环杀手这么干过。

例如，美国著名的"黄道十二宫杀手"，他在连环杀人之后，给多家报社寄去了信件，信件中是一连串的乱码和怪异的符号，而这些乱码是凶手按照自己设定的密码机制编撰的，他声称，只要破解了密码，就能够得知他的真实身份。

于是，办案人员便开始着重钻研密码的破译，甚至连美国联邦调查局的人都参与进来了。两天后，这张密码纸被民间人士破译，并且得到了专业密码学家的认定。

破译内容为：

我喜欢杀人，这比在森林里射杀动物要有趣得多，因为人是最危险的动物。杀人会给我带来如此兴奋的体验，甚至胜过和姑娘做爱。杀人最好的一面体现在，当我死去，我会在天堂重生，那些被我杀死的人就会变成我的奴隶。我不会告诉你们我的名字，因为那样，你们会妨碍和阻止我。我死后的 EBEORIETEMETHHPITI（此处未被破译）。

破译结果令人大失所望，杀手并未像他所承诺的那样，在谜底中公开自己的身份，只是说了一大堆毫无意义的精神病态的言论。

也许，这起案件也是一样，红字根本就是凶手病态的臆想，或许根本没有任何实际意义。

而我们，已经在红字上耗费了太多的时间。

可能这种耗费，果真是一种浪费。

但我还是不死心，再一次找到了罗谦辰，给他看了后续的这些红字内容，罗谦辰看完之后，陷入了漫长的沉思中。

最后，他对我说："我依旧认为，这些红字是有意义的。"

我道："可是，我们至今也没能得到任何纸媒的回应，没能获得所谓的全稿。我们按照红字的内容，在全国一共查到了 32 家曾经有病人出逃或失踪的精神病医院，可是，没有一家吻合。"

罗谦辰道："你们只是调查了那些还在运营中的精神病医院，不是吗？"

我道："你的意思是，让我们调查那些已经停止运营的精神病医院？"

罗谦辰点了点头道："一些出于异常原因而关闭的精神病医院。"

就在我按照罗谦辰的建议调查那些出于异常原因而关闭的精神病医院的时候，第四个案发现场出现了。

一对母女被杀死在了出租屋内，案发现场的墙壁上同样留下了大段的红字：

那个声音在我脑子里不断地盘旋，他对我窃窃私语道："他没有逃走。"

我道："谁？"

他道:“穿墙失败了。”

我道:“你是说,我上一个室友?”

他道:“是的,他没有逃出去,他还在这里。”

我道:“不可能,医生找遍了整个医院,警察都来了,都没找到他,他就是穿墙逃出去了。”

他道:“我知道他在哪儿。”

我道:“你怎么知道的?”

他道:“你忘了,我有特异功能。”

我道:“那你带我去找他。”

那天自由活动的时间,他带我去找那个消失的室友,最后,我来到了后院的一处花田,花田里的花长得格外娇艳。

我停下来,他对我道:“就是这儿。”

就在这时,我的身后,几名护工朝我冲了过来,他们将我摁倒在地,给我注射了一针毒药!

对,我确信那是毒药!

他们想要杀死我……

一方面,我让黄朗组织专案组的同志继续对犯罪现场留下的蛛丝马迹进行检测,加大力度以寻找更多目击者,不放过任何一个细节。

另一方面,我继续着手对红字内容的调查工作。

很快,我调查到了一家精神病医院。那家精神病医院位于距离我市300公里的C市。

从资料上我大致了解到,这家精神病医院,五年前因为被媒体曝光涉嫌非法虐待患者而被政府强制关闭。

我立马动身前往该市，对这家已经关闭的精神病医院进行调查。在当地警方的配合下，我在监狱里见到了那家医院的院长，他因为参与虐待患者致死，被判处无期徒刑。

可是，在会面室里，当他隔着铁窗面对我的时候，却坚称自己是被冤枉的："我是不得已才那么做的！"

我道："案卷材料上说，你命令你手下的医生和护工，对某位患者实施虐待行为，包括水刑和电击，最终导致了那位患者的死亡。"

他道："你知道那家伙是因为什么进的医院吗？"

我道："案卷上讲，他杀了人，杀了一对母女，准确地说，只找到了母亲的尸体，女儿失踪。凶手在司法鉴定的过程中，被鉴定为患有精神分裂症，于是被强制送到了你当时所在的那家精神病医院，接受严格的看护治疗。"

他道："那位母亲，就是我的妻子，他杀掉了我的妻子和女儿！"

我深吸了一口气道："所以，你就因为这个而虐待他，这不能成为你杀人的理由。这是法制社会，一切都要依法而为，如今早已不是过去那种快意恩仇的年代了。"

他摇了摇头，眼中充满了仇恨："一开始，我觉得法官一定是弄错了，竟然把这家伙送到了我这里来，我申诉，要求将他转到别的精神病医院，却被回绝了。我从来没有动过要虐待他的心思，更别提杀掉他了！无论我心中有再大的怒火，都不会失去作为一个医疗从业者最基本的道德。"

我道："可你还是那么做了。"

他咬着牙道："有一天，我亲自给他换药，他突然在我耳畔对我说：'其实，你女儿还活着。'当我听到这句话时，脑子里轰隆一下，一把将他抓起，摁在了墙上，我要他告诉我，告诉我我女儿现在在哪儿。可他不肯说，一直在笑，一直在笑。我叫来了警察，可是，警察来了之后，他便开始胡言乱语，警察认定这只是一个精神病人的呓语，于是并未立案侦查。可警察一走，他就恢复了正常，冲着我邪笑道：'其实你女儿还活着！'既然警察不管，我决定用自己的手段，逼迫他说出我女儿的下落，所以才有了你们所说的虐待，整个过程，他一直在笑，但我的确没想到，他会在这个过程中死去。"

我问："那最后，他说出你女儿的下落了吗？"

他摇了摇头，说："他毁了我的一切，他死有余辜！"

我不知道该如何评价这位院长的行为，但他的遭遇，的确令人感到心情压抑和沉重。我能够体会到他的无助、他的愤怒，但这并不能改变他杀人的事实。作为一名警察，我有一个绝对的信条，法律可能存在不公，但法律一直在完善，法律是目前人类社会最接近公正的判决方式，没有人能够代替法律去动用私刑。私自动刑，已经违背了法律的准则。

作为警察，我们力求抓到每一个罪犯，不冤枉任何一个无罪之人，也不同情任何一种犯罪行为。

社会需要法治，而非人治。

令我失望的是，这次的调查，一无所获，这家精神病医院，与本案毫无联系。

而很快，第五个案发现场出现了。

一对父女惨死在家中。

犯罪现场的红字如下：

他们没能毒死我，但我感觉，自己变得有些迟钝了，也许，是慢性毒药正在起作用，我迟早会死的。

也许，当警察发现我尸体的时候，他们会认为我是因为心肌梗死而导致的自然死亡，这是一种非常独特的药物，不留痕迹，能够完美地将谋杀合理化。

渐渐地，我开始发现了一个奇怪的现象，我周围的朋友在变少，他们一个一个地消失了。看来，他们已经学会了穿墙的本领。

好热！

真的好热！

我睁开眼睛，看到烈火在燃烧，周围一片火海，整个世界都在燃烧！

我知道，这里是炼狱。

我已经死了，我从人间坠入了炼狱！

炼狱。

关键信息！我从这段红字中终于看到了破案的关键信息！燃烧的火海！我想起在调查出于特殊原因关闭的精神病医院的过程中发现，在距离我市400公里的D市里，曾经有一家精神病医院发生火灾，火灾烧死了大量的患者，只有极少数存活了下来。有三名值班医生和五名护工也死在了这场大火中。最后，火灾原因被鉴定为厨房燃气爆炸导致的起火。

凶手，会不会就是在那场大火中存活下来的某位患者呢？

我立马前往D市，在当地警方的帮助下，我查阅到了那场大火中存活下来的患者的名单。

一共三人。

而其中一个名叫王晓友的患者引起了我的注意，这位患者在12岁那年，因为持刀捅伤自己的父亲，被诊断为精神分裂症，被强制送到那家精神病医院接受治疗。

看到这条信息，我虎躯一震，这个王晓友应该就是凶手没错了！

可是，当我继续往后看的时候，发现，王晓友在该所医院一共接受了长达两年的治疗，直到三年前，医院发生火灾，王晓友作为幸存者，被送到了D市中心医院接受治疗，王晓友全身大面积烧伤，重度毁容。一年后，王晓友出院，出院后不久，他持刀冲进自己曾经的精神科主治医生家中，将其全家灭门，而后当场割喉自杀。

王晓友的一切经历，都和红字上的内容惊人一致，我可以确定，红字上所描述的，就是王晓友的个人自白。

可是，王晓友已经在两年前死了。

那么，这起连环杀人案的凶手，又会是谁呢？

很快，我在调查中意外发现了一个关键人物，D市中心医院负责对王晓友进行康复治疗的主治医生告诉我说，在王晓友住院期间，曾经有一个记者团队来采访他。

我让这位医生提供了这个记者团队的登记名单，团队一共五人，但只登记了一个人的名字，我惊讶地发现，那个人便是第一个案发现场的报案人——何旭东。

我回想起，何旭东以前就是报社的首席记者，如果这不是一个重名的巧合，那么，这两个何旭东应该就是同一个人！

既然何旭东采访过王晓友，那么，他一定知道王晓友的经历，可是，当他看到墙上的红字内容时，为什么没有向我们反映这个情况呢？

我感觉到，何旭东一定在隐瞒着什么。

破案线索绕了一大圈，又回到了原点。

我立马联系何旭东，却怎么也联系不上他。当天夜里，我回到本市，和黄朗一起前往何旭东家中，可是，家里并没有人来开门。

黄朗有些不耐烦，直接强行破门，我们进入何旭东的家中，家里却空无一人。这是他一贯的办案风格，也因此遭到了不少投诉。

我们正准备离开的时候，黄朗突然把我叫住："老陈，你过来看！"

我疑惑地走向黄朗，只见黄朗从书桌上抽出一沓稿纸递给我，稿纸上是何旭东的一些随笔，可是，令我感到震惊的，不是随笔的内容，而是……

黄朗道："像吗？"

我点了点头，立马掏出手机，调出现场拍摄的红字照片："像！"

我们立马带着稿纸回到了局里，请局里的文字鉴定专家对字迹进行比对鉴定，最终，我们确定，何旭东的字迹和案发现场的红字字迹一模一样！

也就是说，何旭东极有可能就是凶手！

黄朗怒斥道："看来我一开始的怀疑是对的，他一看就不是什么好东西！"

我看了眼日期，这才意识到，今天距离他上一次犯案刚好十天，也就是说，今晚就会有新的被害人出现！

我们必须在几个小时内找到何旭东，才能避免新的血案发生！

但何旭东的作案地点并没有规律，他此刻会选择在哪里制造他的第六个血案现场呢？

我想到了罗谦辰，于是立马电话联系了监狱，然后通过电子邮件，将新的发现全部发送了过去。

10分钟后，我接到了监狱的来电，电话中罗谦辰对我说："从你发给我的信息可以看出，第五个案发现场，红字已经连载结束了。"

我问："为什么？"

罗谦辰道："一个很简单的细节，凶手的前四篇红字，结尾全都是省略号，象征着文字还未完结，而第五篇，结尾他用了句号，而且句号的下笔非常重，这象征着红字内容的完结。"

我松了口气道："也就是说，已经结束了，凶手不会继续作案了？"

罗谦辰道："不！今晚，他会完成最后一案。如果凶手真的是何旭东，何旭东为什么要这么做？是什么事件突然刺激到了他？这个事件，肯定是在案发前一个月内的突发事件，一个足以刺激到他的事件！正是这个事件，令他产生了报复社会的行为！而他最后一个要报复的，便是导致他产生这种极端行为的人！"

我想了一会儿，然后说："案发前一个月，他刚刚离婚，据调查，是因为他的妻子苏秀娟和他曾经就职的那家报社的主编黄志成好上了，他们离婚后不到三天，他前妻苏秀娟就迅速和主编黄志成结婚了。"

罗谦辰道："所以，你知道他会去哪儿了。"

我立马和黄朗动身，前往黄志成主编家中，另一头也派人赶往何旭东前妻的家里。警车在公路上呼啸而过，伴随着警笛声，我感觉自己的心跳在加速。我们已经没有时间了，何旭东很有可能已经开始作案了！

20分钟后，我们抵达了黄志成家楼下，警车还没停稳，黄朗便推开车门冲了出去，我立马领着大队人马跟随，冲上了八楼。

黄朗敲门，但是门内却无人回应，我们强行破门，发现一个男人倒在客厅的地板上。

是黄志成！

他的腹部和背上全都中了刀，脖子上也有刀痕，他捂着自己的脖子，血不停地从指缝往外溢出，他浑身抽搐，表情非常痛苦。他看到我们进来，用尽最后的力气，向上指了指，然后便闭上了眼睛。

这里是八楼，上面便是……

“天台！”

我安排人叫了救护车，然后和黄朗一起领着大队人马冲上楼顶天台。楼顶上风很大，黑色的夜空下，我们看到两个人影站在天台边沿摇摇欲坠。

是何旭东！

此刻，何旭东手持一把尖刀架在了他前妻苏秀娟的脖子上，他在苏秀娟身后将其牢牢控制住，苏秀娟的脖子上已经被刀刃微微割出了血。

苏秀娟吓得身体僵硬，一动不敢动。

我们秘密在隔壁一幢大楼安排了狙击手，但是，按照何旭东和苏秀娟所站的方位，一旦执行狙击，两个人有很大的概率会一同跌出天台，坠楼身亡。

所以，目前最保险的方法，就是和他谈判，设法令他释放人质。

我尝试着向前走了两步。

何旭东大喝道：“别过来，再过来我就杀了她！”

我停了下来，和他保持一个他认为的安全距离，对他说：“我是来帮你的。”

何旭东道："今天谁也帮不了我，我要和这个女人一起死！"

我道："请你冷静。"

何旭东道："呵，冷静？你认为你帮得了我？你根本就不了解我！"

我道："所以，我在试图了解你，能给我讲讲关于你的一切吗？"

何旭东笑了，那笑声伴随着隆隆的风声令我感到耳鸣，他道："我要和那个人谈！"

我一愣，道："那个人？"

何旭东道："我能感觉得到，背后有人在帮你们，如果没有那个人，你们绝对不可能这么快就找到我！"

我怔住了，这些疯子的直觉都这么准吗？

我道："没有你说的这个人。"

何旭东又狰狞地笑了起来，他将刀又往里割了一下，苏秀娟脖子上的血流得更多了："你最好不要骗我！"

看着苏秀娟痛苦的表情和脖子上的血，我心跳加速，只能妥协："好！好！好！我这就按照你的要求，去把那个人带过来，请你冷静，请你耐心等待！"

我先让同事顶上，然后转身准备下楼，在楼梯间里，黄朗拉着我，对我说："你疯啦，你真打算把那个厨子找来当谈判专家？"

我道："不然呢？"

黄朗道："就现在这情形，你去把另一个疯子招来，两个疯子凑一块儿，天知道会捅出什么娄子来，你负得起这个责任吗？"

我道："王局让我必要的时候，可以请罗谦辰。"

黄朗道："王局？我看王局也是个疯子，你也疯了！"

我道："可是，罗谦辰的确帮我们破了好几个案子，没有他，有些案子的侦破会变得异常艰难。”

黄朗道:“就不能随便找个人冒充吗?反正这疯子也没见过罗谦辰。”

我道:“他会看出来的。好了，别浪费时间了，现场你给我看住了，我回来之前，不能出事儿！”

我离开大楼，马不停蹄地赶往监狱，并向王局汇报情况：“王局，现在的情况是这样的，凶手绑架了一名人质，人质是他的前妻，两个人现在在天台，形势非常紧张。凶手执意要见罗谦辰，所以你看……”

王局在电话里说:“好，解救人质要紧，程序方面我来解决。”

我道:“好，谢谢王局。”

有了王局撑腰，我就更加放心大胆了，40分钟后，我来到监狱，同时向黄朗了解此刻天台的情况，他告诉我，现在何旭东的情绪依旧很不稳定。监狱长已经提前接到了王局的通知，安排我见到了罗谦辰。

罗谦辰道:“看来，你又遇到麻烦了？”

我点了点头，匆忙道：“何旭东杀掉了他以前的主编黄志成，挟持了前妻苏秀娟在楼顶天台，情况很危急，何旭东要求见你。”

罗谦辰道：“这倒是令我感到很意外，他竟然能够猜到幕后有我在指点……”

我道:“我想请你跟我去一趟。”

罗谦辰深吸了一口气道:“我拒绝。”

我道:“为什么？”

罗谦辰道：“解救人质是你们警方的事情，我承诺过帮助你们破案，可没说过解救人质这种事儿也得我来干。况且，已经来不及了。”

我道:“什么来不及？”

罗谦辰微微一笑，淡淡道：“你过来已经花了一个小时，这一个小时已经超过了何旭东的信任极限，人质现在应该已经被割喉了。”

这时，我的手机急促地响了起来，我接起电话，电话那头响起了黄朗的声音，声音听上去慌乱极了：“何旭东，何旭东把苏秀娟，割喉了！”

罗谦辰耸了耸肩，一副无所谓的模样。

我感觉自己的脑袋嗡的一下炸开了：“那何旭东呢？何旭东呢？”

黄朗道：“何旭东跳楼了。”

我彻底炸了：“什么？！他死了？”

黄朗道：“没死，他跌在了气垫上，昏迷了过去，已经送往医院了。”

次日上午，何旭东在医院苏醒了过来，我们立即将他带到了专案组的审讯室。但无论我们问什么问题，何旭东就是什么也不肯说，他要求，必须见到罗谦辰才肯开口。

当天下午，我们押送何旭东来到监狱，见到了罗谦辰。他们隔着一张长桌，相对而坐，两个人都被手铐约束着。

何旭东见到罗谦辰，格外兴奋：“没想到，真没想到，他们竟然会请一个罪犯来协助他们破案。”

罗谦辰面无表情，没有说话。

何旭东道：“你知道，我为什么要写下那些红字吗？”

罗谦辰淡淡道：“两年多前，你采访过一个叫王晓友的男孩，我想，那些红字是他的自白，而你将他的自白记录了下来。在那之后不久，王晓友出院，在自己曾经的精神病主治医生家中将他们全家灭门。而你也在那之后，和你的团队一起被你们当时所供职的报社解雇。那么问题来了，王晓友是如何知道那位医生的住址的呢？唯一的可能就是，你在采访中告诉他的。而报社知道这件事后，将你和你的团队全部解雇。两个月前，苏秀娟和你离婚，并迅速和你的前主编黄志成结婚，你因此受到了刺激，知道了当年黄志成是因为王晓友杀人事件解雇的你，于是，你更是怒火中烧，开始报复社会，在案发现场的墙壁上抄写下王晓友的自白内容，无非是一种对社会不满的宣泄。而你杀掉黄志成和苏秀娟，纯粹是为了私人仇恨。至于你不在场的证明，实在过分拙劣，警方只要详细调查，便能够知道，棋牌室的老板以及那三名牌友，全都是当年记者团队里的人，你们提前录好了在棋牌室通宵打牌的监控录像，并且伪造成事发当晚的录像，他们全都帮助你做了伪证，这是一个虚假的不在场证明。”

何旭东笑了，面目格外狰狞可怖：“你只说对了一半，何旭东的那一半，你说对了，但红字，你没完全说对。”

我看着会面室里的情形，愣住了，何旭东所说“何旭东的那一半”，难道说，眼前这个男人，并不是真正的何旭东？

罗谦辰道：“你不是何旭东。”

何旭东道：“我当然不是！你难道没有想过，何旭东只需报复黄志成和苏秀娟就够了，为什么要写下那些红字？”

罗谦辰道：“如果不是为了宣泄，那么只有一种可能……”

何旭东道：“我，是王晓友的室友。”

我怔住了，何旭东究竟在说什么？

罗谦辰道：“王晓友前后有两个室友，请问你是哪一个？”

何旭东道：“我是那个拥有特异功能的室友，我钻进了王晓友的脑子里，现在，我钻进了何旭东的脑子里！”

罗谦辰道：“所以，你不断地制造案发现场，连载那些红字内容，是为了王晓友？”

何旭东道："不仅仅是为了王晓友，我还要让所有人都知道，那家医院曾经对患者做了什么事情，你们以为那场火灾只是一场意外吗？"

罗谦辰道："你的意思是说，那是人为纵火吗？"

何旭东道："没错，那家医院的医生，一直在虐待和凌辱那些患者，很多患者都被他们虐待致死，最后，死掉的患者越来越多，于是，他们就制造了一场火灾，以此掩盖事实的真相。王晓友只是杀掉了他的主治医生，而那家医院的其他人，都还活得好好的，我需要让他们得到应有的惩罚！"

最后，何旭东被鉴定为患有严重的妄想型精神分裂症及多重人格分裂症，他将自己代入到了红字内容中，代入到了王晓友那个宣称有特异功能的室友的角色中。两年前，他在采访王晓友的时候，王晓友一定对他讲述了许多关于医院的事情，其中可能就涉及医院的医生虐待患者致死。可是，我们有什么证据能够证明这一点呢？整座医院都被烧毁，证据早已经荡然无存。

不多久，我看到新闻，说是那家被烧毁的精神病医院，已经开始了重建工作，而工程队在挖地基的时候，发现了多具尸骸，经过 DNA 鉴定，他们全都是当年那家医院的精神病患者。调查工作立即重启，最终，涉案人员被一网打尽，前任院长及多名医生和护工，被判处死刑并立即执行。

何旭东被移送进了高戒备精神病院接受强制治疗，而他的那四个朋友，也因为被证实做伪证，协助凶手掩盖案情真相，分别得到了相应的刑事惩罚。

这个案子，也便就此宣告终结。

第七个案例

梅杜莎之筏——海上密室

仿佛是命运的安排，“死亡游轮”案才过去差不多半年的时间，在这个寒冷的深秋，公安部的专员老丁和老赵又来了。

我见到他们的时候，依旧是在王局的办公室里。由于上次的案子，我和这二位专员可以说是比较熟悉了，所以，这次的气氛并没有上次那般尴尬，我们一见面便是各种寒暄，然后互相开起了玩笑，整个过程，可以说是非常轻松。

直到老丁突然说出了那句话：“罗谦辰，还好吗？”

我愣了一下，然后说：“他挺好的。”

老赵道：“听说，游轮案之后，他又协助你们破了好几个案子？”

我点了点头说：“他在犯罪心理方面，似乎很有建树，水平甚至超过了很多顶级的犯罪心理学家。”

老丁认同地点了点头：“在办那个游轮案的时候，就已经能够看出他的水准了。所以……我们这次来，还是想要请你帮我们接洽一下罗谦辰。”

我问：“又出现什么棘手的案子了？”

老丁和老赵抽着烟，相视一笑，老赵对我说：“还是老规矩，我们先去见罗谦辰，如果一切顺利的话，你签个保密协议，我们会告诉你案件的细节。”

可是此刻，别说是案件细节了，我连发生了什么案件都毫不知情。

那天下午，和半年前的那个春日一样，城市里下起了暴雨，蒙蒙的雨雾随着雨流在整座城市弥漫开来，似乎是在掩盖某种不安的气氛。

我们离开市局，来到监狱，一切都和那个潮湿的春日如此相似。

还是和上次一样，老丁、老赵和罗谦辰进行了长达两个小时的秘密会谈，而后他们出来，让我签了一份保密协议。

随后，他们便将我带进了会谈室。

会谈室里，老丁和老赵轮番向我们介绍了案件情况。

首先是老丁："这次的案子，和上次有些类似，那就是案发地点是在海上——太平洋上，不同的是，这次发生案件的，不是游轮，而是一艘渔船。"

随后，老赵摁下按钮，在投影幕布上放出了那艘渔船的照片，这艘渔船长达 40 米，船舷是蓝色的，上面布满了斑斑锈迹。船舱为白色，一共两层，底下一层是船员的休息室、厨房和仓库，顶上一层是驾驶室和船长室。船体的前方挂着两个巨大的探照灯，那是用来吸引鱿鱼用的，强光可以将鱿鱼吸引过来，然后便能实施捕钓。没错，这是一艘远洋钓鱿船，主功率为 330 千瓦。

船头的船舷上用白色油漆写着一行字——"海荣渔 3560 号"。其隶属于 H 省 R 市一家水产公司。

老丁介绍道："就是这艘渔船。四年前的 12 月 27 日，这艘渔船从 R 市港口出发，前往位于秘鲁、智利附近的东南太平洋公海海域从事钓鱿作业，去的时候，一共载有船员 33 人，回来的时候，船上只剩四人。"

老赵道："这艘渔船，原本要在那片海域进行长达两年的作业，可是，却在八个多月后，出现在了距离秘鲁十分遥远的日本附近公海海域。渔船在那里发出求救信号，次年的8月12日，当这艘渔船被渔政的救援船拖回港口的时候，我们发现，回来的，只剩下四名船员，其中两名，不在海关的出海登记册内。当我们登上这艘渔船检查的时候，发现船上布满了血迹，虽然有些血迹被擦洗过，但还是能够通过技术手段检验出痕迹。渔船的通信系统有被人为破坏而后修复的痕迹。"

我问："求救原因是什么？"

老赵道："船只的海底总阀被人为打开了，水进了机舱里，但没进入到货舱，机舱里进了一点水，不会导致船身下沉，但船无法往前继续开了，只能原地停在海上，所以，有人发出了求救信号。"

老丁道："当时，我们对这幸存的四个人进行了长达一个多月的审讯工作，最终得到了一个统一的供述，这四个人分别名叫何木成、刘日升、杨旭、邓凯，何木成的供述逻辑最为清晰，也最为全面。"

何木成的供述——

审讯人员："你的姓名。"

何木成答："何木成。"

审讯人员："年龄？"

何木成答："24岁。"

审讯人员："你是如何成为'海荣渔3560号'的一名海员的？"

何木成答："大学毕业后，一直没找到工作，打了几份零工，也没省下什么钱，女朋友也催着我多赚钱，好娶她。我就一直琢磨着赚钱的事情，可惜没什么门路。后来我遇到了崔大海，他就是R市人，就在‘海荣渔’上当海员，已干了五年了，他是老海员。我们闲聊的时候，他跟我提到这事儿，说跟他一起出海，到海上干两年，一年能有四万五、四万六的工资，还有奖金，两年就差不多小十万块钱了，我心想这挺合算的，我在陆地上没剩下什么钱，到了海上没地方花钱，正好回来就省下了小十万块钱，可以和女友结婚。”

审讯人员问：“这个崔大海现在在哪儿？”

何木成道：“死了。”

审讯人员道：“好，你接着说。”

何木成道：“我花了几千块钱，考了个海员证，不难，简单，也就学了三天，考试的时候监考基本是个摆设，是可以带书进去抄的。然后，我就跟着崔大海来了R市，又在水产公司培训了一个多星期，了解了一些规章制度，然后就跟着出海了。噢，对了，接船的第一天还发生了一件怪事儿，那是出发前的那天晚上，我们都在船上，当天夜里刮了五六级的大风，船上的厨师毕师傅出事儿了，当时我们大伙儿都在船舱里抽烟、喝酒、打牌，就听到甲板上传来毕师傅的声音，他大喊着‘杀人啦，杀人啦’，然后他就从码头上跳进了海里，我们把他救上来后，送回家去了，他家里人说他精神有点问题。然后，公司给我们换了一个厨师——吴师傅。船在出发前照例进行了一次大修，然后把物资运了上去。”

审讯人员问：“都有些什么物资？”

何木成道：“主要是些吃的喝的，速冻的比较多，还有很多干货，罐头什么的，因为便于长期保存。我们也带了些自己的物资，比如烟酒之类的。其实中途在海上还可以找货轮补货，但海上买东西贵，所以我们都选择一次性把要带的物资带足。然后我们就出海了。”

审讯人员问："我们查到，刘日升和杨旭不在海关登记名单之列，这是怎么回事儿？"

何木成答："船上登记的只有31人，刘日升和杨旭都没钱办海员证，但公司有一套办法。'海荣渔3560号'在港口，有海关人员进行登记，然后船就开出去了，开出去不到十分钟，海关的人就走了。刘日升和杨旭就乘坐一条小船，开到'海荣渔'那儿上船，搞水产的公司经常这么干，海上很多没有证的黑工都是这么被送上去的。"

审讯人员问："用了多少时间到的秘鲁海域？"

何木成答："四十来天吧，具体的不大记得了。"

审讯人员问："这四十多天在船上是怎么度过的？又发生什么异常情况了吗？"

何木成答："没有。一开始我一直在吐，吐了半个月吐习惯了，之后大家伙都每天一起打牌吹牛什么的，挺和谐的，没发生啥矛盾。"

审讯人员问："到了秘鲁海域之后呢？"

何木成答："就开始了每天的捕钓鱿鱼的工作，基本上就是每天晚上用船头的两盏大探照灯往海里一照，鱿鱼就成群地被吸引了过来，再把钩子下到海里，一次可以钓上来一大把。其实每次，我钓得最少，但刘日升钓得特别多，他就教我怎么钓，他虽然年纪比我小很多，但能力很强，身材也很高大，一开始都挺照顾我的。"

审讯人员问："后来呢？到底发生了什么，导致船上的其他29名船员失踪？"

何木成道："如果我说我不知道，你们一定不相信。"

审讯人员道："那就说说你知道的。"

何木成道："当时我们进行了差不多五个月的钓鱿工作，就把船从秘鲁附近开到了智利海域，我们在那里继续钓鱿工作。可是当天晚上，船上就死了一个人。”

审讯人员问：“谁？”

何木成道：“厨师吴师傅。”

审讯人员问：“他是怎么死的？”

何木成道：“我不知道，当时我正在船舱里睡觉，就听到外面有人喊：‘死人了！死人了！’具体是谁喊的不记得了，我们都被吵醒了，陆续都到了甲板上，发现前甲板上倒着一个人，那个人就是吴师傅。他仰面倒在甲板上，肚子上被划开了一个口子，肠子都流了出来，那应该是被鱼刀划开的，但是我们没有找到凶器，凶器应该被扔到海里了。”

审讯人员问：“吴师傅的尸体你们怎么处理了？”

何木成道：“一开始有人提出向公司反映这个情况，让公司报警处理，可是船长却说：‘船上被杀死了一个人，回去谁都说不清楚，可能每个人都要坐牢，不坐牢也得赔钱。’于是他安排人将尸体扔进海里了，还嘱咐我们，回去就说浪太大，把吴师傅给打到海里了，失踪了。他说这种事情，海上常有，每年都要失踪好多人。失踪了算公事，责任是公司的，和我们无关。”

审讯人员问：“于是你们全都参与了抛尸？”

何木成道：“我没有，我没有，我在一旁看着，但是，不扔进海里也不行啊，船上没地方存放尸体，尸体在甲板上放的时间长了就会臭，只能扔了。”

审讯人员问：“那后来呢？你们有调查谁是凶手吗？”

何木成道：“随后船长就把我们所有人都召集到船舱里，开始一个一个问，但是什么也没问出来，我们都有嫌疑，但都没有证据指出谁才是凶手。一开始我们大家伙都怀疑是向征，这老家伙 50 多岁，据说以前杀过人，坐了很多年的牢，后来减刑给放出来了。可是，我们谁都没想到，第二个死的，就是向征。”

审讯人员问：“向征是怎么死的？”

何木成答：“被钓鱿的鱼钩线勒死的，尸体被悬挂在了船舷上。我们是第二天上午发现向征的尸体的，没人知道他是晚上何时被勒死挂在那儿的。”

审讯人员问：“之后呢？”

何木成道：“之后大家都乱了，都互相猜疑，谁也不相信谁。船长召集大家轮流值班，33 人，死了 2 个，还剩 31 人，大家就分组，轮流值夜班。此时，船长终于选择了报警，可是，船上的通信设备却被人故意破坏了，我们的卫星电话也全都不见了，我猜可能被凶手扔进了海里，反正是找不着了。我们的船开始返航。那段时间大家都睡不着觉，夜里睡不着的，都去值班，因为大家伙总觉得，只有醒着才能避免被杀掉。”

审讯人员问：“下一次死人是在什么时候？”

何木成道：“一个多月后，船行驶到了夏威夷以西海域附近。当天晚上，我实在坚持不住，睡着了，那晚有九个人值班，结果，这九个人全没了，崔大海就是其中之一。”

审讯人员问：“全没了，是指死了还是失踪了？”

何木成道：“失踪了，但甲板上全都是血迹，大概是被人杀了之后，全部推到海里去了。”

审讯人员问：“一个人杀掉九个人？当晚你们没听到搏斗声或者惨

叫声吗？”

何木成道：“我睡得很死，没听到，其他人也没听到，这九个人就这样不见了。”

审讯人员道：“那么，到这个时候，已经死了11人，船上只剩下22人了。”

何木成道：“是的。那时候，船还在继续返航，船上的人精神状态都达到了临界点。直到两周后，船长被人扎死在了船长室里，所有人都崩溃了。大家纷纷要逃离这艘渔船。船上有两条救生船，一共可以载10人，大家为了抢救生船，都打了起来，但我没有参与，我不会打架，在这个过程中，有人用鱼刀杀人了，大家见了血，也全都抄起鱼刀互相砍了起来。最后算上船长在内死了8个。我、刘日升、杨旭、邓凯，手里全都没有武器，能当武器的都被他们拿了，没办法，他们十个人抢了船，走了，渔船上只剩下我们4个。我们当中，邓凯是老海员，会开船，于是他负责开船继续往回走。杨旭以前是个修理工，会修理些电子设备，于是，那段时间，他一直在驾驶室里修通信设备。发生争抢救生船时，渔船刚好到日本附近海域，可是海底总阀不知道被谁打开了，水涌进了船舱，但不足以导致船下沉，船相当于被海水卡在那儿，走不动了。杨旭抓紧修好了船上的通信设备，于是，我们立马向渔政发出了求救信号。”

审讯人员问：“你觉得，是谁打开了海底总阀？”

何木成道：“我不知道。”

审讯人员问：“你觉得，凶手在你们四个当中吗？或者说，你就是凶手？”

何木成道：“不，我，我肯定不是。但凶手在不在我们四个当中，我真的不知道。我也不知道究竟是谁打开了海底总阀。但肯定不是我们四个当中的一个。”

审讯人员问：“为什么？”

何木成道：“因为船如果沉了，我们都会死，如果凶手是我们四个当中的一个，他不会打开海底总阀，而是会把其他三个杀掉，凶手打开海底总阀无异于自杀。”

审讯人员道：“所以，你认为，凶手就在登上救生船的那10个人里面？”

何木成道：“我认为一定是这样，凶手离船前，打开了船上的海底总阀，目的就是想要制造一场事故，毁灭船上的杀人证据，并且杀掉我们四个。”

看完何木成的供述，我开口问道：“最后这个案子，这四个人怎么判的？”

老丁道：“由于四人口供一致，且与船上留下的痕迹比较相符，再加上我们并没有任何证据指控他们四人与其他船员的死亡和失踪有关，所以最终，这四人均被无罪释放。”

老赵道：“可是，整个案子在两个月前，发生了一个巨大的变化。某市缉毒警察在一起毒品走私案当中，抓到了一名毒贩，经过身份调查，这名毒贩竟然是崔大海。”

我惊愕道：“什么？！崔大海没有死？”

老丁点了点头道：“在审讯室里，崔大海向我们交代了全部经过，他告诉我们说，何木成四人的供述，完全就是他们串通好的虚假供词。真正的情况是，刘日升率先发动造反，他联合何木成、杨旭和邓凯，杀掉了厨师吴师傅。紧接着，他们又砍伤了船长。他们破坏了船上的通信设备，让整条船上的人与外界失去联系。刘日升强迫船长返航，在刘日升团伙的挟持下，又有四名成员加入了他的阵营当中。随后，他们在船上展开了一场大屠杀。崔大海称，他中途也假意加入刘日升的阵营，实际上一直在寻找机会逃走。刘日升团伙在船上几乎每隔一段时间都会杀掉数人，当渔船抵达日本海域的时候，船上只剩下14人，而崔大海就在其中，这14人，除了最早期的何木成、杨旭和邓凯，其他是后来陆续加入刘日升团伙的船员。刘日升为了防止船员逃走，特地用钢筋锁牢了船上的两条救生船，并且派人时刻把守。而最后，刘日升却主动解开了救生船，让包括崔大海在内后加入其团伙的十名船员分别上了两条船，说是对他们停工帮助的报答，因为他们杀了人，回国难逃死刑，所以，希望他们能够偷渡到日本去。崔大海那一刻竟然对刘日升充满了感激之情，还流下了眼泪，可是，当救生船漂离渔船还不到一海里，他们便发现，救生船开始漏水了。刘日升故意扎漏了救生船，目的就是为了让他们葬身鱼腹。而后，刘日升一伙人故意打开了海底总阀，制造了有人要杀害他们的假象，并且提前编撰好了口供和说辞，企图逃过法律的制裁。"

我问："可崔大海是如何成为毒贩的？"

老丁说："他十分不走运地被一条毒品走私船救了起来，然后染上了毒瘾，被迫参与到了毒品走私当中。"

我道："可是，毕竟也不能仅凭崔大海的一面之词就彻底推翻何木成的供述，因为在没有实质证据的情况下，我们根本不知道谁在说谎。"

老赵说："'海荣渔3560号'在半年前完成了改造和重新装修，那条船在两个月前又一次出海了，目的地依旧是秘鲁海域，而就在一个月前，那艘船再也联络不上，整条船从卫星定位系统上消失了。而何木成、刘日升、杨旭、邓凯就在那条船上。”

我一怔：“怎么会？他们怎么还会回到‘海荣渔 3560 号’上？”

老赵道：“他们四人被无罪释放之后，被认定为是这起惨案的受害者，于是，这艘渔船所属的水产公司答应了他们大部分的赔偿和补偿要求，其中一条便是，让他们再次回到‘海荣渔 3560 号’上，重新出海。”

我道：“也就是说，你们怀疑，这条船的再次失踪，与刘日升四人有关？”

老赵道：“惨案可能正在重新上演！所以我们现在迫在眉睫，必须尽快找到‘海荣渔 3560 号’钓鱿船！”

罗谦辰漫不经心地听着，他从头到尾都不发一言，似乎并不打算对此发表任何意见。

我们全都看向他，希望他能够给出一些关键性的分析，可是罗谦辰却对我们道：“你们现在能做的，就是加大海上搜索力度，如果搜索不到，你们就只能等待下去。”

老丁急了：“等？等到什么时候？”

罗谦辰道：“作为警察，你们应该明白，破案是需要足够的证据和线索来构建证据链和逻辑链的，就目前你们所提供的信息和线索，根本不足以令我完成像上次那样的推理。但我能够肯定，那条船，会和三年前一样，发出求救信号。”

老赵道：“可是，到那时已经晚了。”

罗谦辰微微一笑，笑容中透露出一股不只是同情还有嘲讽意味的氛围，他淡淡道：“对不起，这次我无能为力。”

的确，罗谦辰是一个血肉之躯的人，并不是神，你不能指望他能够在毫无线索的状况下，凭空做出一系列推理，尽管很多时候，他的推理看上去的确像是受到了第六感的指引做出的，但只要你仔细深究，便会发现，其中包含着缜密的演绎推理逻辑。

果然如罗谦辰所预料的那样，三天后，中国渔政收到了来自“海荣渔 3560 号”的求救信号。求救信号是在太平洋的中央某公海坐标发出的，那里已经严重偏离了“海荣渔 3560 号”的预定航线。

当渔政的救援人员和大批的海警赶到时，却发现那艘船已经被烈火彻底焚毁，只剩下焦黑的金属船身漂浮在水面上，仿佛一艘鬼船。他们登上这艘已经被烧毁的“海荣渔 3560 号”渔船，甲板上空无一人，当他们进入船舱时，发现船舱的货舱是从外面上锁的，当他们打开货舱的门后发现，货舱内，躺着数十具焦黑的尸体。

很快，渔政的救援船将这艘渔船拖回到了港口，从船上，一共抬下 25 具焦尸，尸体数量与该船出发时的船员数量吻合。

起火原因被鉴定为：释放汽油点火燃烧的故意纵火事件。

难道说，刘日升、何木成、杨旭、邓凯四人蓄意纵火自焚，并且让船上其他人和他们一起陪葬？

但这说不过去，尸体全都是在船舱的货舱内发现的，而货舱的门是从外面反锁的，如果他们是集体自焚，那么，又是谁从外面锁上门的呢？

也就是说，这是一起蓄意谋杀！

法医对这 25 具焦尸进行了逐一检验，并且提取了 DNA，但是，由于这 25 名船员的亲人全部已经离世——刘日升的家人一年前死于火灾、何木成的家人一年前死于车祸、杨旭唯一的亲人他的父亲病逝、邓凯是被收养的不知其亲生父母是谁，其他船员全都是孤儿，是水产公司从全国各地的孤儿院招来的，因为即便在海上出事儿，也可以省去很多家属赔偿——所以，无法提供 DNA 比对进行身份确认。

但是，刘日升、何木成、杨旭和邓凯的 DNA，数据库里是有掌握的。三年前，出于办案需求，专案组成员带刘日升四人去医院抽取过血样，进行 DNA 检测，以用来和当时案发现场发现的血迹进行对比，最后的结果自然是没有发现他们四人血迹，而他们身上也的确没有外伤流血痕迹。

专案组成员从 DNA 数据库中调出这四人的 DNA，通过比对，最终确认，这 25 具焦尸当中，有四具尸体的 DNA 同刘日升四人吻合。

最终，办案人员确定，刘日升、何木成、杨旭、邓凯四人死在了这起海上大火中。

可是，究竟是谁杀了他们呢？

船上 25 人，全部被锁在了货舱内，遭受烈火焚烧，那么，纵火者只有可能来自船外。那么，会不会是其他船只上的人，挟持了“海荣渔 3560 号”，并绑架了船上的 25 人，将他们锁在货舱内，而后用汽油焚烧渔船呢？

专案组开始沿着这个思路进行调查，如果真是这样，那么，纵火者必然与船上的人有着极大的仇恨才会这么做。而这极大的仇恨，极有可能是针对刘日升、何木成、杨旭、邓凯四人。专案组开始分析，会不会是三年前，船上那些失踪的人干的呢？也许，有些人像崔大海一样，恰好被路过的船只救起，而后他们对刘日升、何木成、杨旭、邓凯四人进行了复仇，于是制造了一起海上大火？

老丁和老赵将这个思路传达给我，让我转述给罗谦辰。罗谦辰听完之后，摇了摇头，对我道："火，就是刘日升四人放的。"

我惊道："你是说，他们自焚？即便他们自焚，这也说不过去啊，他们是在货舱内被发现的，而门，是从货舱外锁上的。他们在里面，如何锁上外面的门？"

罗谦辰道："也许，刘日升四人并不在其中。"

我道："不可能，专案组进行过 DNA 比对，其中四具焦尸的 DNA 和他们的完全吻合。"

罗谦辰道："尸体上的 DNA 是和他们的亲属进行比对的吗？"

我摇了摇头道："他们四人的亲属全都离世了。"

罗谦辰道："那么，就是和数据库里的 DNA 进行的比对？"

我点了点头道："三年前，他们四人因为办案需求，在医院里抽过血，当时验过 DNA，所以数据库里一直保存着他们四人的 DNA 数据。"

罗谦辰道："你做警察的，应该没少看推理小说吧？"

我道："为什么提这个？"

罗谦辰道："日本推理小说作家东野圭吾，在他的名作《嫌疑人 X 的献身》中提到了一种作案手法。一位母亲在自己的公寓中，和自己的女儿一起勒死了上门要钱的前夫。而住在隔壁的数学老师，帮助她们制造了一个完美的不在场证明。某天清晨，有人在河畔发现了一具男性裸尸，尸体面部被砸烂，手指被烧焦，警方在死者身上提取到了 DNA，并且在死者身旁疑似死者使用过的自行车上提取到了指纹。警方很快接到报案，市区某出租屋一名男性租客失踪，出租屋没有监控录像，但警方在死者住过的房间内找到了死者留下的毛发组织并进行了 DNA 比对，最终 DNA 吻合，确认死者正是这名男性租客。而该名男性租客的身份正是那位母亲的前夫。尸体被确定为死在……具体时间我不记得了，就定为22号吧，死者死在22号晚上的九点到十一点之间。而这对母女却被证实，那段时间，她们在一家影院看电影，票根和影院的工作人员甚至监控都证实了这一点。也就是说，这对母女拥有完美的不在场证明。那么，这究竟是如何做到的呢？”

我道：“这部小说我看过。那位数学老师帮助那对母女，提前将其前夫的尸体分尸，并且进行了抛尸处理，而后，他在次日上午，请一位流浪汉住进了那位前夫居住的出租屋，于是出租屋内便留下了流浪汉的毛发，当天晚上，数学老师和流浪汉骑着自行车一同来到河边，就在河畔，数学老师将流浪汉勒死，然后砸毁其面部，烧掉其手指，目的就是为了让警方无法通过外观认尸，只能通过DNA和自行车上提取到的指纹进行鉴定。而对比样本，便来自出租屋内留下的流浪汉的毛发和指纹。于是，警方便错误地把流浪汉的尸体当作了其前夫的尸体，并以此展开调查。而其前夫真正的死亡时间，是在22号前一天的晚上，22号那对母女的确去看了电影，也就有了完美的不在场证明。警方弄错了尸体，自然也就弄错了死亡时间，按照着错误的方向展开调查，自然什么也查不到。”

罗谦辰道：“所以，你还没明白吗？”

我道：“你的意思是说，专案组弄错了尸体？”

罗谦辰道：“他们弄错了DNA样本。”

我道：“可是，这不可能，DNA是从尸体上提取的，而对比样本的DNA来自三年前为了办案在医院抽取的血液样本。”

罗谦辰道：“这就好像，警方将流浪汉的毛发当成了那位女人的前夫的一样。”

我恍然大悟："你的意思是说，三年前抽取的血液样本，是错的？"

罗谦辰道："偷梁换柱。有人将血液样本换掉了，换成了其他人的，也就是说，警方当时拿到的血液样本，并不是刘日升四人的，有人将样本调包了。"

我道："可是，谁会这么干？"

罗谦辰道："医院的医生、护士，他们甚至能够当着办案人员的面进行调换，而不会引起丝毫的怀疑。"

我道："可是，医生和护士为什么要这么干？"

罗谦辰耸了耸肩："这就是你们需要去调查清楚的。另外，刘日升他们四人的亲属，真的是死于意外吗？或许，和这个案子一样，全都是伪造的意外。"

我立即将罗谦辰的分析发给了老丁和老赵，随后，他们前往医院进行调查，发现，当时负责为刘日升四人抽取样本的护士已经离职，而经过细致调查，他们发现，那名护士，曾经是刘日升的女友！

当年，专案组在调查的时候，忽视了这一点！

他们立马找到那个护士，并将其带到了专案组，在审讯室里，她承认了一切："是刘日升让我这么干的，我当时就用其他患者的血液样本，调换成了他们四个的，而他们的血，被我扔掉了。"

而后，这名护士提供了那四瓶血液样本原本主人的名单，很快，专案组查到，那四个人，均在半年前失踪了。

由此，专案组得出了一个惊人的推论，船上发现的那四具原本被认为是刘日升四人的焦尸，其实，是这失踪的四名无辜者。

而刘日升四人这么做的目的，就是为了借由这场大火，伪造他们四人的死亡，他们可以因此彻底人间蒸发。

那么，他们四人，究竟去哪儿了呢？

老丁和老赵让我再次求助罗谦辰，罗谦辰给出了这样的分析："他们劫持了另一艘渔船，并且将那艘船上的船员全部赶到了'海荣渔3560号'上，随后，他们将那些船员和那四名失踪者一起关进船舱，并且烧死，放火焚烧前，他们在'海荣渔'上发出了求救信号，目的就是为了让渔政找到那条船。而后，'海荣渔'上原本的25名船员，全部乘上劫持来的船只，逃之夭夭。"

我惊愕道："你的意思是说，'海荣渔'上全部25名成员，都参与到了这起案件当中？"

罗谦辰点了点头，语气十分笃定："单靠这四个人，是很难劫持其他船只的，而且，他们提前挟持了那四名被当作替死鬼的无辜者上船，并且隐瞒了水产公司和海关，这只有全员参与才能做到。而他们这么做，就是为了彻底掩盖他们还活着的事实。"

我道："可是，我不明白，刘日升四人三年前就被无罪释放，而其他人更是谈不上有罪，既然不用逃避法律的惩罚，他们伪造自己死亡的目的又是什么呢？"

罗谦辰儒雅一笑："便于他们继续制造血案。世界上有一种人就是这样，他们犯罪不图财不求利，他们只是在享受这个过程给他们带来的快感。"

我道："可是，该如何找到他们？"

罗谦辰没有给出答案。

几天后，专案组接到一家水产公司的报案电话，他们称，他们公司的一艘渔船已经失去联络长达一个月了，船上的定位系统也处在关闭状态。一个月前，他们向渔政寻求帮助，可是，渔政搜寻无果，所以只好向警方报案。专案组根据罗谦辰的分析，对此事产生警觉，他们立即前往该水产公司，调取到了失踪渔船上的船员名单，名单人数一共 30 人，专案组迅速找来这 30 名失踪船员的亲属提取 DNA，经过比对，其中 21 人的 DNA 与“海荣渔”上发现的除刘日升四人外的另外 21 具焦尸 DNA 确认匹配为亲属关系，由此，专案组判断，失踪渔船已经被“海荣渔”上 25 名成员占据。

这也证实了罗谦辰推理的正确性。

专案组立即联系国际刑警组织，发出全球通缉令。最终，他们在哥伦比亚海岸发现了这艘失踪的渔船，而船上 25 人早已不见踪影。

有人提供线索称，这 25 人加入了哥伦比亚的一个贩毒集团，但此消息至今未被证实。

他们如同幽灵一般，在太平洋的血色中彻底消失。

但我坚信，迟早有一天，他们会被绳之以法。

借用那句流传甚广的名言：“正义也许会迟到，但永远不会缺席！”

没有人能够永远逍遥法外！

第八个案例

潜意识的深渊

突然想起一桩旧案。

1998年，我和黄朗刚刚从警校毕业不久，便经历了“南大碎尸案”的打击。这起案件至今都是一个悬案。我俩有些垂头丧气，当时的刑侦支队队长付兴盛鼓励我们道：“年轻人，不要遇到一点挫折，就萎靡不振！南大碎尸案，我们现在的技术还无法侦破，但是相信有朝一日，真凶一定会伏法！”

那年春天的某个日子里，我和黄朗正在查阅卷宗，刑侦支队的电话突然响了起来。又有新的案件发生了。

我和黄朗立即离开公安局，驾驶警车前往案发现场。

黄朗开车，我坐在副驾驶座上。一边开车，黄朗一边吐槽起来：“我说，今天早上我给你做的极品荷包蛋你怎么没有吃啊？”

我道：“没胃口。”

黄朗道：“那，那怎么能没胃口呢？没胃口这早餐也得吃啊！我亲手给你做的呢！不吃早餐可不行，你身子骨本身就弱，在警校的时候体能训练成绩就排行倒数……”

我道：“哎呀，警校的事情就别提了。”

黄朗道：“那，那怎么能不提呢？你得多吃，这样才能有一个强健的体魄，抓坏蛋的时候才有劲啊！啧，我懂了，兴许是这极品荷包蛋你吃久了，吃腻了。这样，我妈前几天给我送来了些小馄饨，我明天早上煮给你吃。今天这案子要是结束得早，咱晚上下班一块儿去超市，买些小虾米呀紫菜什么的，你看怎么样？你要是喜欢吃啊，我以后亲手包给你吃，饱含了满满的真诚和友谊！”

我说：“行行行，我就等着吃你的友谊小馄饨。”

我和黄朗是蜗居在一起的，我负责定期打扫卫生，他负责烧菜煮饭。我们就这么有一句没一句地聊着，很快便到了案发现场。

案发现场位于市区的一幢公寓楼内。这栋公寓楼并不大，只有三层，门外是一个露天停车场。我们上了二楼，来到了走廊最左侧的那个房间。

此时，房间外已经被提前赶到的民警拉起了警戒带。我们亮出警官证，一走进去，便看到玄关处布满了血迹，血迹上还残留有脚印。

我们穿过玄关，继续往里走，便看到一个看上去三十岁出头的女人倒在走廊和客厅的交界处，周围布满了血迹。

这间屋子的格局是这样的。进门是玄关，玄关中间是走廊，走廊的右侧是厕所和厨房，左侧是客厅，里面的一间是书房，一间是主卧，另外一间是次卧。

提前赶到的民警对我们说，当他们进入客厅的时候，这个女人两岁大的儿子正坐在儿童椅上玩玩具。也就是说，女人的孩子目睹了这一切，但是因为年纪太小没有认知能力，所以根本就没有意识到自己母亲的死。

女人名叫苏莉雪，30 岁，全职主妇，和比自己大 14 岁的老公古东海共同租住在这间公寓房内。他们已经在这里住了 3 年了。

报案人是房东吴绮云女士。

我们对她展开了询问。

我问："你是今天下午几点钟发现尸体的？"

吴绮云回答说："下午三点多钟。"

我问："你为什么要在今天下午来苏莉雪家？"

吴绮云回答说："前段时间去泰国玩，买了些当地的特产零食，就想着给她带一些。因为平常我们关系就挺好的。结果我一到这里，发现门是虚掩着的，没关严实，我推开门一看，就看到了苏莉雪的尸体，立即报了警。"

我们又询问了古海东，他的情绪有些失控，我等待了好久，等他的情绪平复下来才开始发问。

我问："你是干什么工作的？"

古海东回答说："我在一家广告公司当创意总监。"

我问："你和你妻子平常关系怎么样？"

古海东回答说："我们感情非常好。"

我问："你今天上午几点去上班的？"

古海东道："和往常一样，8 点出门，9 点到公司。"

我问："你妻子一直在家里吗？"

古海东道："她今天上午 9 点约了要去附近的儿童诊所，我儿子有点感冒，要去儿童诊所看病。"

之后我和黄朗一块去了儿童诊所，从挂号登记来看，苏莉雪是上午 9 点 20 分在诊所挂号登记的。该诊所距离苏莉雪家只有一公里的距离。而苏莉雪正式就诊，却是在上午的 11 点。经调查，原因是排队人数较多，所以轮到苏莉雪时已经是 11 点了。根据药房开药的发票记录来看，苏莉雪是 11 点 15 分开的药，我猜测也是在差不多这个时候离开医院的。

黄朗向我汇报了他在案发现场的勘查情况："情况是这样的，玄关处发现了大量的滴落型血迹，猜测凶手应该是受伤了，在离开命案现场时，就有了大量的血迹滴落。从鞋印来看，是女士高跟鞋，所以凶手应该是一名女性。在洗手间里，也发现了滴落型的血迹，猜测凶手在受伤后，在洗手间内洗过手，试图清理伤口，但是由于血流不止，最后放弃，于是从厕所一直到玄关，全都留下了血迹。血迹呈滴落状，未寻找到喷溅型血迹，猜测凶手并非动脉受伤，而是静脉受伤导致流血不止。"

我们派出警犬进行搜索，发现这组滴落型血迹，蜿蜒曲折，离开了公寓，拐了三道弯，来到了五百米开外的一座公园的洗手池边。在这里，凶手似乎找到了什么方法止住了血，总之，血迹在此处彻底消失了。

90 年代不比现在，没有天网系统，沿路并没有监控摄像头，所以并没有拍摄到凶手的样貌。

在尸检结果出来前，我和黄朗将死者的死亡时间锁定在了中午的 11 点 30 分到下午的 3 点之间，即在我们估计中的苏莉雪离开医院步行回家，到下午房东发现尸体并且报警的这段时间内。

深夜 11 点，尸检报告出来了，我和黄朗来到市局法医鉴定中心。负责尸体解剖的法医当时还不是龙敏，而是龙敏的师父刘子枫，一个 50 多岁但十分帅气的老男人，身材保持得非常好，长得很像陈道明。

我们敲了敲法医学解剖室的门，走了进去，而后道：“刘老师。”

刘子枫道：“你们来啦，来来来，来看尸体吧。”

随后，我和黄朗乖乖地走到解剖台前，十分拘谨地看着刘子枫将盖尸体的白布撩开，随后他为我们讲解起尸体的情况：“很显然，死者性别女，生理年龄30岁，身高1.62米。死者的脖子左侧有一道从右向左向上的刀痕，长度大约5厘米，深度4厘米，死因是被划破颈部大动脉失血性休克而死。死者的双手上也有刀伤，是持握型的刀痕，猜测是搏斗的时候，手握刀刃留下的。另外，现场发现两组血迹：一组血迹来自于死者，A型血；另一组血迹疑似来自于凶手，B型血。物证及痕迹检验中心那边已经提取了疑似凶手血迹的DNA数据，经过染色体测试，确定是一名女性。现场还提取到了几组可疑指纹，已经存档了。”

我问：“那死亡时间呢？”

刘子枫道：“死亡时间被确定为今天下午的1点到2点之间。”

离开法医鉴定中心，已经是零点了，我和黄朗到警局附近的烧烤摊去吃了顿消夜。

我们点了些肉串、生蚝、扇贝之类的，还点了烤豆腐和烤韭菜，一人要了一小瓶白酒，一边撸串，一边喝了起来。就这么一口肉，一口酒，一天紧张的神经全都松懈了下来。

黄朗喝了一口酒，对我道：“我说，陈啊，你说付队这是不是器重咱们？咱们这才从警校毕业多久，先是跟着付队经手了南大碎尸案……虽然吧，那案子没有破……现在，付队直接把这起凶杀案交给咱哥俩单独来破，足见对我们的培养和重视啊！”

我也喝了一口酒，道：“是啊！所以，咱就更得把这案子给破了，不能辜负了付队他老人家对我们的期待！”

黄朗撸了一根羊肉串，对我道：“陈啊，我说你，也老大不小了，怎么还不找个女朋友啊？”

我也撸了一根串道：“你不也还没找吗？”

黄朗哈哈一笑道：“有你，我还需要找吗？”

我道：“我去，你这话什么意思啊？”

黄朗道：“我的意思是，你警花资源多，多给我介绍介绍。”

我长吁了一口气：“你吓我一跳。”

此日上午，我们叫来了女房东，尽管她是报案人，但是按照刑侦学的逻辑，报案人是最具备作案嫌疑的。所以，我们抽了她的血，发现她的血型是O型，和现场疑似凶手的那组B型血并不一致，所以暂时排除了对她的怀疑。

我们并不能排除有男性凶手协助作案，于是调查了死者的老公古海东。我们去了古海东的公司，得到了他绝对的不在场证明，于是也排除了对他的怀疑。

我们甚至怀疑，会不会是古海东的前妻因爱生恨，上门滋事，于是杀害了死者。可是通过DNA比对，古海东前妻和现场疑似凶手的血迹也不匹配。

按照熟人作案的思路，案件陷入僵局，看来本案应该属于陌生人作案。可奇怪的是，现场并未发现盗窃痕迹，难道仅仅只是因为二人在交谈当中爆发了矛盾，凶手就拔刀相向了吗？

我们在被害人家中发现了一盒牛奶，这盒牛奶很奇怪，它并不是用吸管饮用的，而是被人从上面咬开后饮用的。

死者的老公古海东说：“我们家里从来都不会喝这个牌子的牛奶，

更不会以这种方式来喝牛奶。”

我们提取了牛奶盒上的唾液，和现场发现的疑似凶手血迹的 DNA 一致，那么也就是说，这盒牛奶是凶手饮用后留下的。

凶手会不会是一名推销员呢？她在向死者推销这款牛奶的时候，和死者起了冲突，于是二人发生了争执，在争执当中，凶手拔刀将死者杀害……

就在我们思考凶手的动机的时候，第二起案件发生了。这次的案发现场，位于一座民宅当中。这座民宅一共六层楼高，两个单元，案发的房屋是一单元 401 号。当天晚上 9 点刚过，我和黄朗赶到案发现场，现场已经被民警拉起了警戒带。我们亮出警官证，撩开警戒带走了进去。

一进门，便看到一名看上去三十出头的女子倒在了客厅里，血溅得到处都是。而死者三岁大的孩子，当时就在客厅内目睹了自己母亲遇害。

死者名叫周曼丽，30 岁，全职主妇。报案人是死者的老公，名叫严宽，今年 35 岁。

我们对严宽进行了询问。

我问：“你是干什么工作的？”

严宽回答说：“我在一家出版公司当产品经理。”

我问：“你今天早上几点去上班的？”

严宽回答说：“早上七点半，公司有点远，我坐公交车，一个半小时，也就是 9 点到公司。”

我问：“你中午不回家？”

严宽回答道："不回家。"

我问："你晚上几点下班？"

严宽回答说："6点。"

我问："也就是说，你是七点半到家的？"

严宽回答道："路上有些堵车，我到家的时候，已经8点了，进了门，就发现我老婆倒在了客厅里……我叫了救护车，救护车赶到后确定我妻子已经死了，并且认为这是刑案现场，于是报了警。"

黄朗对现场进行了一番勘查，现场有搏斗痕迹，但是并未发现像上次那样的滴落型血迹，说明这次凶手应该没有受伤。

死者的尸体被送到了市局法医鉴定中心。我和黄朗则走访了整栋楼的住户，他们都表示并没有看到凶手。

凌晨3点，尸检报告出来了。

我和黄朗来到了市局法医鉴定中心的法医学解剖室。法医刘子枫向我们介绍了尸体的情况："死者，性别女，生理年龄30岁，身高1.63米。死者的脖子左侧有一道从右向左向上的刀痕，长度4厘米，深度3厘米，死因是被割断颈部大动脉失血性休克而死。死亡时间是昨天的下午1点到2点之间。这次的作案手法和之前极为相似，应该是同一名凶手所为，建议并案侦查。"

当天凌晨4点，我和黄朗回到家，都感到十分疲惫。我倒在沙发上，心里想，究竟是一个怎样的凶手，会接连对两名家庭主妇下如此重的手呢？而且还是当着人家孩子的面，这会在这两个孩子幼小的心灵中留下怎样的阴影呢？

我和黄朗只睡了四个多小时便起来了，黄朗给我做了小馄饨，还给我煎了两个荷包蛋，这次还多了一根火腿肠。

可能是太累了，也可能是没睡好，我有些没胃口。

黄朗对我说："陈啊，多吃点，最近办案太累了，不多吃身体受不了啊。你看哈，我就怕你挑食，这次不仅给你煎了荷包蛋，还给你做了小馄饨，更额外炸了一根火腿肠，齐活了，你看看，这位客官，是否赏光吃点啊？"

我点了点头道："行，你做的，我都吃！"

黄朗笑逐颜开道："欸，这就对咯。不管什么时候，不管有多忙，不管这案子有多复杂，咱们还是得对得起自己的胃！"

上午10点，我们来到市局，组织开会，决定对两起案件进行并案侦查。我们向领导汇报了我们的侦查方向，得到了基本的支持和肯定。

然而，就在我们对第二起案件进行调查的时候，第三起案件发生了。这次的案发现场位于一幢出租房内。当天上午10点，我和黄朗赶到案发现场。案发现场外聚满了围观群众。

"让开！让开！都让开！"

黄朗在人群当中迅速开辟出了一条道，我跟随着他，快步进入楼栋，来到了位于二楼的出租房。只见一名看上去30岁出头的女人倒在了客厅内，女人死的时候，她三岁大的孩子正在客厅里玩玩具，亲眼看到了自己母亲的死。这场景和前两起案件的死亡现场如出一辙。

死者名叫黄琪莉，30岁，家庭主妇。报案人是黄琪莉的老公，名叫罗光明，今年33岁。

我们对罗光明展开了询问。

我问："你是干什么工作的？"

罗光明回答说："我在一家传媒公司当项目经理。"

我问："你是出差去了？"

罗光明道："是的，出差了两天，今天上午回来，就看到了这一幕，然后报了警。"

我们去罗光明的公司，调查了他出差的证明，证实他前天一大清早就去了广州，一直到今天上午才回来，一共有5名同事可以给他提供不在场证明。

尸体被送到了市局法医鉴定中心。

下午5点，尸检结果出来了，我和黄朗一起来到法医鉴定中心，刘子枫为我们介绍了尸体的情况："和之前一样，死者性别女，生理年龄30岁，身高1.63米。死者的脖子左侧有一道从右向左向上的刀痕，长度6厘米，深度3.5厘米，死因是被割断颈部大动脉失血性休克而死。死亡时间是昨天晚上9点到10点之间。"

连续三起案件，全都是针对家庭主妇的，死者死亡时她们的孩子也均在现场，凶手似乎具备强烈的目的性，那么，这个目的究竟是什么呢？

为此，我们请教了局里的犯罪心理学专家顾海洋。

顾海洋听完后说："去查一下旧案，着重查15到20年前的。"

我问："查哪一类案件？"

顾海洋对我说："多年以前，一定有类似的案子发生过。"

我道："你是说，类似今天这样的案件？"

顾海洋点了点头道："是的。多年以前，一定有这么一起案件，一个女人杀害了一名家庭主妇，而女人当时只有两三岁大的孩子目睹了这一幕。凶手逃走了，至今逍遥法外。母亲死掉的画面在这个孩子的潜意识深处留下了深深的烙印，而在某一天，这个烙印被激活了……”

我惊道：“你是说，这个孩子长大了，变成了如今这一系列案件的凶手？”

顾海洋道：“没错。这个孩子可能是想报复社会，也可能是想以这样的方式引起重视，毕竟当年那起案件的凶手，到现在都还没有被抓住。”

请教完专家，我立即开始调查起陈年旧案，果然发现发生在邻市的一起 15 年前的案子，作案手法和如今的这一系列案件一模一样。我立即前往该市的公安局，调出了这起发生在 1983 年案件的卷宗。

1983 年 8 月 26 日，该市一座民宅内发生了一起恶性杀人事件。一名全职主妇被杀死在家中，死者三岁大的女儿目睹了这一幕。我又翻阅了法医的尸检报告，发现凶手的杀人手法和如今的这三起案件如出一辙。

死者的女儿徐亚丽今年已经 18 岁，在本市念大学。按照顾海洋的推理，她很有可能正是这一系列凶案的凶手。

我们立即组织警力，对徐亚丽进行了抓捕。

面对我们的审讯，徐亚丽承认了自己的全部罪行。

至于她是如何挑选作案目标的，是因为她加入了一个名叫“宝妈群”的社群，那时候互联网还没有兴起，所以社群并不是线上的，而是线下的活动群，三名死者全都在这个社群内。社群会定期组织活动，召集宝妈们聚在一起，活动大多是闲聊。她通过该社群暗地里了解了这三名被害人的信息，便假装成牛奶推销员，上门推销，而后将三人杀害。

当我问她为什么要这么做的时候，她却给出了一个十分离奇吊诡的答案。

徐亚丽对我说："就在半年前，我梦游了。"

我道："我现在是在问你杀人动机，这和你梦游有什么关系？你不要顾左右而言他。"

徐亚丽接着说："我梦游去了一个地方，那像是我小时候居住的家。客厅里，一个三岁大的小女孩正在玩玩具。一位母亲正在厨房切菜。她突然看到了我，大喊了一声：'你是谁？'便抄起那把刀向我砍了过来。我和她扭打在了一起，夺过了刀，一不小心用刀抹了她的脖子。我吓坏了，赶紧逃走了。当我梦醒之后，脑子里的画面一直萦绕不散。我的脑子里有一个声音反复地对我说，去杀了她！去杀了她！去杀了她！我越是想要忘掉，我梦里的那个画面就越发真实。我很清楚，只有在现实当中还原梦里的画面，才能够彻底释怀，于是我选择这么做了。可是一个根本不够，于是有了第二个，又有了第三个……"

我道："这只是你小时候目睹你母亲的死，你的记忆突然在你的潜意识当中被激活的结果，你把自己代入到了自己的记忆当中。"

对徐亚丽的审讯结束后，我总觉得她这张脸在哪里见过，于是回头翻看了15年前那起案件的卷宗。

当时那起案件的凶手在离开犯罪现场后，曾被两名路人目击过长相，画像师根据他们的描述画了一张凶手的素描画像。

我盯着那张画像，凝视了好几分钟，又和徐亚丽的登记照进行了比对，竟然发现二者惊人相似，简直就像是同一个人。

怎么会这样呢?

徐亚丽说，她梦游去了一个地方，那像是她小时候居住的家……

难不成她真的在梦游的时候回到了小时候?

我笑了笑，或许这只是一个尴尬的巧合。

我把这个故事讲给罗谦辰听，并问他对这个故事的结局怎么看。

罗谦辰只是微微一笑，回了我那句他曾经说过的话:“这个世界是假的。”

第九个案例

水泥下的罪恶

第九个案例

水泥下的罪恶

那四个少年就站在那儿，我知道他们犯了罪，却无法给他们定罪。

冬季来临，今年的雪下得特别早，才是初冬，大雪便已经纷纷扬扬落下，在我过往的记忆中，本市的雪，一般要到深冬才会飘落，有时甚至都不会下雪。这种寒冷的感觉，不由得令我想起去年的那个深冬，“维特鲁威人”案给这个城市所增添的血色恐怖。而今年，这种恐怖则来自人性最大的扭曲和变异。

虽然下着大雪，但市政府依然在持续进行着一处城中湖的抽水工作，这片城中湖，将会在开年之后，被彻底填为平地，用来开发城市新的商业区。当天傍晚，经过长达一周的抽水工作，湖水终于被抽干，只剩下潮湿的河床。市政工人在河床黑色的淤泥中发现了一个已经生锈的硕大的汽油桶，而汽油桶中灌满了水泥，水泥早已经凝固。他们将汽油桶搬上了岸，由于过于沉重，工人失手将汽油桶摔在了地上，大概是因为水泥长期泡水已经变得松动，只见汽油桶“咣当”一声坠落地面的一刹那，汽油桶内的水泥“砰”的一声炸开了，露出了一个女人的断手。

我和黄朗接到报案，立即赶往案发现场。随后，我们便安排同事，将汽油桶作为物证整个搬走了。

在回去的路上，黄朗开着车，而我则坐在副驾驶位置上直打着寒战，即便车内暖气开得很足，我还是感觉到一股逼人的凉气在我的骨头里渗透。

黄朗道："这案子不寻常啊。"

我点了点头："凶手的手段实在残忍，如果不是这次市政府为了填湖抽水，恐怕尸体永远不会被发现！"

黄朗道："老子一定要抓到这个变态！"

市局的技术人员将汽油桶中的水泥彻底砸碎，从中取出了数十块散发着恶臭的碎尸，由于被封在水泥中，尸块并没有彻底腐烂，几个法医一起，用了一下午的时间，将这些碎尸拼接成了一具完整的尸体。

这是一具女尸，生理年龄才 15 岁。

龙敏道："尸体一共被切割成了 35 块，全部被塞进汽油桶中而后被水泥浇灌。由于被水泥密封，延缓了尸体的腐烂速度，所以，依旧可以从死者的皮肤上看到大量的伤痕，其中包括刀伤和烫伤，很多已经结疤，这说明，死者在生前遭受过长期的暴力虐待。由于水泥起到了延迟腐烂的作用，所以，无法准确判断出死者的具体死亡时间。曾经有一个案子，凶手杀掉了五个人，并且将他们的遗体密封在了水泥台中，六年之后，当水泥台被砸开，尸体上腐肉都大量残存，没有被腐蚀成白骨，可见，尸体在被水泥密封的状态下，即便经过多年的时间，也能够得到较为完整的保存。我只能估计，该名女性死者，应该已经死亡了两到三年时间。"

我们迅速展开调查，查询到三年前，本市有一起失踪报案，其家属报案称，他们的女儿因为跟家人吵架，离家出走，之后就再也不见踪影，三年来，其家人四处寻找，都没能找到女儿的下落。而失踪当年，他们的女儿刚好15岁。我们立即找到其家属，提取了他们的DNA和死者的DNA进行比对，DNA比对结果吻合，我们确定，死者正是他们三年前失踪的女儿。

停尸房里，死者的家属哭作一团，死者的母亲当场昏厥了过去。我和黄朗见到此情此景，发誓一定要将真凶绳之以法！

死者名叫林悦，是一所高中的学生。

休息室里，我们给死者的父亲递上一杯热茶，这位老父亲的眼圈全都是红肿的，他的身子在微微发颤，嘴里喃喃自语着什么，我仔细听，听见他在自语着："对不起……对不起……爸爸对不起你……"

我感到心口一阵堵得慌，尽管类似的场面我见过许多，但每次见到，心里还是会非常难受。

我在林父身旁坐下，问他："能给我说说具体的情况吗？关于您女儿林悦的。"

林父声音沙哑："悦悦学习成绩一直都很好，也很听话，都是我的错，都是我的错，那天我不该那样对她……"

我问："那天到底发生了什么导致她离家出走？"

林父哽咽道："那段时间，我工作不顺，和孩子她妈经常吵架，悦悦过来劝架，我失手扇了她一耳光，然后悦悦就哭着跑出了家门。可当时，我们只顾着吵架，根本没意识到悦悦跑出去了，没想到，这孩子就这样一去不回。我们报了警，可是，警察也一直找不到悦悦的下落。你知道，你知道，当你们找到我的时候，我有多不想承认，我有多不想承认那就是悦悦！悦悦，爸爸对不起你……"

林父说到这里，情绪彻底崩溃，哭得难以自持，问讯无法继续进行下去，我只能握住林父的手，想要给予他力量，对他说："请您放心，我们一定会抓到凶手的！”

林父缓缓地抬眼看向我，我们目光对视，从他空洞的瞳仁里，我看到的，是痛彻心扉的绝望。

我语调更加坚定地重复着刚才的那句话：“我们一定会抓到凶手的！”

这话既是说给林父听，也是说给我自己听。

林父称，林悦是在三年前的8月2日上午离家出走的，他们在8月3日上午报的失踪案，我们查询到了当时的报案记录，证实了这一点。

也就是说，林悦在三年前的8月2日上午离家出走之后便遭遇了凶手，惨遭绑架。凶手应该是将林悦囚禁在了某处，经过了一段时间的虐待之后，导致林悦死亡，林悦尸体上的疤痕全都是遭受虐待所致，而一般人体形成明显凸起的疤痕，需要一个月的时间，也就是说，林悦从被绑架到死亡，这中间至少经受了长达一个月的虐待。所以，我们的调查重点集中在了三年前的8月2日到9月的这个时间段内。

我和黄朗继续着调查工作，可是却一筹莫展，我们调查了林悦生前所有的人际关系，她的老师、同学、朋友，但是没有一个符合作案条件。

一周过去了，案情毫无进展，我和黄朗都感觉十分颓然。黄朗抽烟抽得越来越凶了，我也跟着抽得凶了起来，因为办案压力实在太大，这种压力不仅仅来自社会，还来自我们的内心，如果抓不到凶手，我们绝过不去内心的这道坎儿。

那天下午，我怀着无比沉重的心情来到监狱，见到了罗谦辰，将本案的全部案卷资料交给了他。

他花了半个小时看完了案卷资料，抬起头对我说的第一句话便是：

“凶手不止一个，应该有四个人，并且这四个人，全都是未成年人！”

未成年人犯罪？！

我一怔，问道：“这是如何得来的？”

罗谦辰将尸体的照片摊放在我面前，指着上面的一系列伤疤对我道：“死者的臀部上一共有四个带有明显规则形状的伤疤，这点我想你们在尸检的时候，已经注意到了。”

我点了点头道：“凶手在玩弄死者。”

罗谦辰道：“这四个伤疤，应该是用不同的四种工具刻上去的，这点你们在验尸的时候应该也能得出。”

我道：“是的，分别用了类似水果刀、钢笔、铁钉之类的三种不同尖锐物，还有一个，明显是用烙铁之类的东西烫上去的。”

罗谦辰道：“如果是一个凶手所为，按照犯罪心理分析，他想要在死者身上留下记号，一般会使用相同的工具。但是，这里却出现了四种截然不同的工具留下的记号，这说明凶手很有可能是四个人，他们刻意用了四种不同的工具，就是为了将各自的记号彻底区分开。而这四个记号的形状分别是什么？”

我皱起眉头，凝视着照片道：“应该是一个三角形、一个圆圈、一个叉和一个方框。”

罗谦辰道：“这些记号，你有联想到什么吗？”

我摇了摇头：“就像西方的撒旦崇拜，恶魔的首席门徒？那个美国的连环杀人犯就曾经在案发现场连续留下五芒星标志，而那是一种撒旦崇拜的表现。”

罗谦辰道：“没那么高级，你平常打游戏吗？”

我道：“偶尔，很少。”

罗谦辰道："那就难怪了，唯一能让这四种记号同时出现的，就是游戏机的手柄。"

我倒抽了一口凉气，问道："你是说，凶手把这当成是一场游戏？"

罗谦辰点了点头说："这四名凶手从头到尾并没有将死者当成人类对待，他们的所作所为，对于他们来说只是一场电子游戏，用来满足他们精神上的快感。虽然成年人也打游戏，但成年罪犯一般不会有这种行为。所以，能做出这种行为的，有极大的概率是未成年人。"

真的是未成年人犯罪吗？

不是没有这种可能，纵观世界，未成年人犯罪的比率正在逐年增高。而在很多国家，有大量的极其变态的案件，全都是未成年人犯下的。

我还没离开监狱，便收到了一条微信，是黄朗发来的一条视频，还附言："快点开看！"

我当着罗谦辰的面，点开了那个视频，视频中出现了四个模糊的人影，这四个人嬉皮笑脸地说着话，声音和画面一样，全都经过了处理。

声音 A："哈哈哈哈，没想到还是被发现了呀！"

声音 B："是呀，是呀，那女孩在水泥里待了那么久，终于还是被找到了。"

听到这里，我身子一颤，浑身发麻。

声音 C："一个玩具而已，玩坏了就扔掉了，没想到这么快就被他们找到了。哈哈，警察现在都干起废品回收了吗？"

声音 D："对的呢，不过真是太可惜了，我还从来没有玩过那么好玩的玩具呢！就那么坏掉了，实在是太可惜了，那一个月，可真是令人怀念哪！"

声音 A："这帮愚蠢的警察现在一定在到处找凶手，哈哈哈哈，我们就是凶手，快来抓我们吧！哈哈哈哈哈哈！”

随后，视频结束了。

我立马给黄朗回了条：“这视频你从哪儿弄来的？”

黄朗用语音回复：“网上都传遍了！这四个变态就是在挑衅！他们在挑衅我们的底线！”

我抬眼看着罗谦辰：“你都听到了吧？”

罗谦辰点了点头，表情看上去十分平静，而我已经怒不可遏了。

但我还是如此问道：“会是恶作剧吗？”

罗谦辰道：“不，这四个人，就是凶手。”

我立马回到局里，联络网监局的同事，搜寻视频的来源，很快，他们找到那段视频最早是在今天上午 10 点，由一个名叫“水泥杀人狂魔”的 ID，在某知名视频网站上传的，我们立即联系那家视频网站，调取了该 ID 在上传视频时的 IP 地址，很快，我们发现，IP 地址位于市中心的某网吧。

我们立即前往那家网吧，调取监控录像，很快便确定了一名可疑人员。该男子看上去才十六七岁，他进入网吧登记的时候，用的是一个名叫郭志伟的 35 岁男子的身份证，这家网吧经营一直不规范，明知道对方是未成年人，还是让其用假冒身份证完成登记进入网吧。我联系同事进行调查，发现这个叫郭志伟的男人四年前丢过一次身份证，在派出所有补办记录，而第二代身份证有一个致命的漏洞，那便是无法注销，所以，郭志伟的身份证遗失之后，被画面中的少年捡到，可以继续使用。

这位少年在今天上午 9 点 40 分完成网吧登记，而后便在角落里的一台电脑上上机，画面中，他掏出一枚黑色 U 盘，插在了电脑主机上。

20分钟后，他拔掉U盘，离开了网吧。随后，我们带着少年的监控录像视频截图，在网吧及网吧周边四处走访调查，很快，我们调查到了一个高中女生，她一眼就认出了截图中的少年："这不是齐东楠吗？"

我道："你认识他？"

女生道："当然认识啊，他是我同学。"

我道："你知道他住在哪儿吗？"

女生摇了摇头："你可以去学校查查，老师那儿应该有。"

随后，我通过学校查到了齐东楠的住址，而后和黄朗一起，率人去了住址所在。我敲了敲门，开门的是一个中年女人，我们问起齐东楠，她告诉我们说："我是他妈妈，请问你们找他有什么事儿吗？"

我们亮明身份，齐母立马紧张起来："警察？是不是我儿子出什么事儿了？"

我问："你儿子他现在在哪儿？"

齐母道："他应该在小区的篮球场打篮球。我儿子，是不是出什么事儿了？"

我们没有多说什么，直奔小区篮球场，果然见到齐东楠和另外三个少年正在打篮球。

我们朝那四个少年走了过去，亮明了警察的身份，没想到那四个少年非但没跑，还冲着我们露出了狡黠的笑容。

只见齐东楠用右手的中指转着手里的篮球，轻蔑地对我们道："你们终于找到我们了，实在是太慢了。"

随后，这四位少年被我们带到了市局。

他们的身份被逐一确定，四人全都16岁，是同一所高中的学生。我们将齐东楠编号为少年A，其余的，则为少年B、少年C和少年D。

我们对他们进行了隔离审讯。

首先，是少年A。

审讯室里，少年A一直冲着我和黄朗笑。

黄朗不耐烦道："笑什么笑？有什么好笑的？"

少年A嬉笑着道："我在玩弄那个玩具的时候，就是这么笑的，哈哈哈哈。"

我强压着内心的怒火："你管那个女孩叫玩具？"

少年A露出一副不屑的表情："不然呢？我从未见过如此好玩的玩具，我们整整玩弄了她一个月，直到把她玩坏为止，哈哈哈哈！实在是太好玩了！"

我道："你这是承认自己杀人了？"

少年A道："这有什么不好承认的？就是我们四个干的。只是，我没想到，你们过了这么久才找到我们。"

黄朗道："但我们还是把你们抓到了，天网恢恢，疏而不漏。"

少年A又笑了起来，这次是一种更加癫狂的嘲笑："哈哈哈哈，你以为是你们抓住了我们？如果不是我们故意让你们找到我们，你们永远也抓不到我们！那段视频，就是录给你们看的，为什么选择在网吧这么明显的地方上传视频，就是为了让你们能够轻易地找到我们。你看，你们找到我们的时候，我们有打算逃跑吗？"

我问："为什么想要被抓到？"

少年A笑得更加大声："哈哈哈哈，因为好玩儿！没有什么比这更好玩儿的了！"

接下来，是少年B。

和少年A不同的是，在审讯室里，少年B看上去十分平静，还没等我们多问，他便平静地叙述起了整个作案过程："那天下午，我们正在打篮球，就看到那'玩具'坐在篮球场边哭，于是，我们带走了她，把她关在了小黑屋里，然后，我们逼她干了各种你们想象不到的事情。我们还恐吓她，如果她敢逃跑，就杀掉她全家。有时候，为了让游戏更有趣味性，我们还会骗她，喂，你全家现在都在我们手上，你一定要乖乖答应我们所有的要求。看着她一脸惊恐又担心家人的样子对我们说：'我什么都愿意做，求求你放了他们，我什么都愿意做。'哈哈哈哈哈，这实在是太刺激了！最后，她完全放弃了抵抗，任由我们摆布。我们每天都会去小黑屋，那整整一个月，是我人生当中最快乐的时光。"

我问："你们之前和她并不认识？"

少年B微微一笑，反过来问我道："你和橱窗里的玩具认识吗？"

少年C则向我们阐述了他们想要杀掉女孩的过程："她浑身上下都开始发臭，我知道，那些伤口都是我们造成的，我们甚至会用火烧她的脚，但是，那种腐肉味实在是令人难以忍受。于是，我们开始商量着，杀掉她。我们还商讨了很多种方法呢。比如，找个地方把她活埋了，或者把她碎尸万段，干脆伪装成上吊也不错呢！这时，我们提出，不如把她杀掉碎尸灌进水泥扔湖里吧！"

少年D："没错，把她灌进水泥里，是我提出来的，但当时我们也只是说着玩儿而已，这玩具我们还没玩够呢！可没想到，这玩具这么不经玩，就那么坏掉了，所以，我们找来汽油桶，把她分解后扔进汽油桶里，灌上水泥，然后运到湖边，直接推进了湖里。啧啧，真是太可惜了。”

听完这四位少年的叙述，我的耳膜嗡嗡作响，我无法相信，这些事情竟然真的是这四位稚嫩的少年干出来的。

今年他们 16 岁，也就是说，三年前，他们才 13 岁。

可是，就在我们确定这四位少年就是这起水泥杀人案的真凶的时候，我们的同事却给我们发来了一个新的情况。

三年前的 8 月 1 日到 9 月 1 日之间，这四位少年一起去欧洲旅游去了，我们查看了他们的机票，并且联系到了那家暑期旅行团，旅行团的所有人都可以证明这一点，还发来了他们当时在欧洲旅行的照片。

而女孩的失踪事件，则是在当年的 8 月 2 日，推测死亡时间是在 9 月初，而这一个月内，这四位少年远在欧洲，他们拥有着绝对的不在场证明。

也就是说，案件的真凶，并不是他们？

那么，他们又为什么要承认自己是凶手呢？

当我们再度审讯这四位少年时，他们冲着我们哈哈大笑道：“恶作剧啦，警察叔叔们，没想到你们都被骗了，实在是太好玩儿了！”

我们对这四个少年进行了一番批评教育之后，让他们各自回家去了。

可是，当次日下午，我把这个情况反馈给罗谦辰的时候，他却一脸严肃地对我说：“凶手，就是他们四个！”

我道：“可是，案发的那一个月，他们四个人在欧洲，旅行团里有好几十个人能够为他们证明这一点。”

罗谦辰道：“完美的不在场证明？”

我道：“是的，所以，这应该是一场恶作剧。”

罗谦辰摇了摇头道：“一定有某种方法的，一定有某种方法能够让他们制造出这个所谓的不在场证明！”

我道：“他们总不可能在欧洲隔空杀人吧？”

罗谦辰思考了片刻，然后道：“你们去过林悦家里吗？”

我道：“当然去过，是个小洋楼。”

罗谦辰道：“他们家，应该不止一套住宅吧？”

我道：“在城南有一套，不过，不常住。所以我们也没去过。”

罗谦辰道：“快去。”

我一愣：“去哪儿？”

罗谦辰道：“林家城南的那套住宅，那里有你要的答案！”

我立马动身，驱车赶往那套住宅，四十分钟后，我赶到了那里，那是一幢独栋的三层小洋楼。

洋楼内一片漆黑，大门紧闭。我用警察解锁专用的万能钥匙，打开了洋楼的大门，然后摸索着摁开了一楼的电灯。

一楼的格局和陈设十分寻常，什么也没发现，于是，我便顺着楼梯上了二楼。二楼同样什么也没发现。当我顺着楼梯朝三楼走去的时候，我听到三楼传来了一个女人微弱的喘息声，那喘息声来自三楼的一扇门内，门是上锁的，我一脚将门踹开，一股恶臭味扑面而来。我看见一个女人，浑身赤裸地蜷缩在墙角，她的周身上下皮开肉绽，很多地方都在流血流脓，屋内一片狼藉，可以说是惨不忍睹。

女人看到我，瑟瑟缩缩的，她的整个身子都在发颤，我小心翼翼地朝她走了过去，亮出警官证对她说：“别怕，我是警察，我是来救你的。”

就在这时，我看到女人的眼神看向我身后的某处，透露着极大的恐惧。还没等我来得及回过头，我便感到自己的后脑勺一阵灼烫，整个人天旋地转地倒了下去，眼前一抹黑。

当我醒过来的时候，人已经在医院里，我躺在医院的病床上，一睁眼便看到了黄朗。模糊的视线中，黄朗松了一口气，对我说："你总算是醒过来了。"

我感到喉咙一阵沙哑，像是被什么东西堵住了，想要说话，但怎么也说不出来，只憋出一个字："水……"

黄朗赶忙倒上一杯水递给我。

我将那杯水一饮而尽，喉咙总算通畅了，我咳嗽了两声，道："我为什么会在这儿？"

黄朗道："你还说呢，要是没我，你早就被那变态给分尸了。我说，以后这种危险的事情，你能别一个人单枪匹马吗？在警校那会儿你搏击能力就倒数第一……"

我总算想起自己为什么会躺在这儿了："我说老黄，咱都毕业这么多年了，你能别老提当年学校里的那点事儿，行吗？"

黄朗道："行，不提了，不过这回是我救了你，这事儿你得认。"

我深吸了一口气道："到底什么情况啊？"

黄朗道："就是那姓罗的厨子，他叫狱警打电话通知我的，说你去了那宅子，怕你一个人出事儿。我哪儿能让你出事儿啊，于是立马奔了过去。一到那儿，就看到林悦她爸林海把你往外拖，我立马冲上去把他给KO了。"

我道："你把他毙了？"

黄朗道:“哪儿能啊，人没死，押局里了。”

我道:“那个女人呢?那个被他囚禁的女人……”

黄朗道:“也救下来了，那女的被囚禁了两年多。”

我道:“没想到，这案子竟然是林悦的父亲犯下的。”

黄朗摆了摆手道:“林海只是个从犯，还真让那个姓罗的厨子给蒙对了，主犯就是那四个小孩。”

我道:“可是不在场证明……”

黄朗道:“这还不够清楚吗?林海是从犯……事情的顺序是这样的，三年前，那四个少年趁着林家没人，入室盗窃，无意中得到了林海挪用公款和高额行贿的文件。于是，他们就拿文件要挟林海，并且提出，只要把林悦交给他们，他们就会永远保守秘密。”

我道:“于是，林海就同意了?”

黄朗道:“没错，林海为那四位少年提供了自己在城南的住宅，作为他们玩弄林悦的秘密场所。可谁知，林悦不堪辱虐，在一个月后死掉了。于是，林海协助四位少年，将林悦分尸，并且封存在装满水泥的汽油桶中，沉入湖里。那四个少年继续用那些文件要挟林海，让林海做了伪证。实际上，林悦被囚禁的日期，是6月下旬，而死亡日期是7月下旬。而林海则在将林悦沉尸之后，于8月3日上午向辖区派出所报案，称自己的女儿在头天上午离家出走而后失踪。而四位少年，则提前报好了欧洲旅行团，于8月1日飞往欧洲。于是便制造了一个所谓的不在场证明。”

当天下午，我出院回到局里，在拘留室里见到了那四位少年，他们全都冲着我狡黠地笑着。

罗谦辰的分析是对的，在林悦死后，这四位少年依旧不会满足，他们继续用那些文件要挟林海，迫使他继续提供场所，供他们囚禁新的女孩。

而这四个少年似乎并没有悔改之意。

我问他们："你们后悔了吗？"

没想到四位少年的回答竟然异口同声："这有什么后悔的？"

其中一位少年对我道："这就是一场游戏，我们已经体验到了游戏当中最精彩的内容，这是你们永远也无法体验到的。"

我知道，他们为何如此肆无忌惮，那四个少年就站在那儿，我知道他们犯了罪，却无法给他们定罪。

因为他们在杀害林悦的时候，还未满 14 周岁，按照中国刑法规定，他们不用承担任何刑事责任。[①]而第二名被囚禁的女孩并没有死，所以，他们只能算作是非法监禁和故意伤害，而非法监禁本身的量刑就比较低，至于故意伤害，由于他们依旧是未成年人，所以，并不会得到太大的惩罚。

但愿他们能够改过自新，尽管我深知，其希望非常渺茫。

而林悦的父亲林海就不同了，他被判处了死刑并立即执行，而林悦的母亲由于协助作案，被判处了无期徒刑。

当我审讯林海的时候，他声泪俱下，对我说："谢谢你们，谢谢你们，谢谢你们抓到了我们，谢谢你们。"

我问："为什么感谢我们抓到了你们？"

林海的语气中充满了悔过之意："我对不起悦悦，真的对不起，是

---

①《中华人民共和国刑法》法定刑事责任年龄，已由 14 岁下调至 12 岁，并于 2021 年 3 月 1 日施行；本案发生于刑事责任年龄下调前。

我害死了她，是我害死了她。”

我道：“的确是你害死了她，我实在难以想象，一个父亲，竟然会将自己的亲生女儿亲手送进狼穴。”

林海情绪激动道：“如果那些东西公开，我会坐牢的！”

我语气冷漠道：“所以，你为了不让自己坐牢，宁愿牺牲自己的女儿？”

林海哭着说：“我没想到，我以为悦悦只要忍过那一阵子就没事儿了，可是，那几个王八蛋……那几个王八蛋，竟然把悦悦给……我真的后悔，如果时间能够倒流，能够回到当时，我宁愿自己去坐牢，也不会答应那几个变态的要求！谢谢你们，谢谢你们让我和我妻子从那四个恶魔的手里解脱出来！”

我笑了，笑得格外冷淡：“别演戏了，你这种人，我见得多了，你在你城南的那套洋楼里袭击我的时候，真的是这样想的吗？你当时还在试图掩盖自己的罪行。你所后悔的，并不是你女儿悦悦被你害死了，而是你没能成功地逃脱法律的制裁。绝大多数死刑犯都和你一样，他们从来不会悔过，只是后悔没能把罪行隐藏得更加完美，你也是这样。”

第十个案例

虚伪的人皮

许多连环杀人犯在年少时便会表现出三大特征——在不该尿床的年纪尿床、蓄意纵火、虐待动物。

这场暴雪，一直下到了深冬，今年冬天，似乎总在下雪，就没停止过。罪恶，也在这深冬的寒流中缓慢地酝酿着。

那天清晨，两名负责扫雪的市政清洁工人和往常一样，来到这片空地上除雪，这片空地在三年前被某开发商承包，准备建一座大型购物广场，可是至今却一直没能动工。空地上积了厚厚的一层雪，两名清洁工人开始往地上撒盐，那是一种用来融雪的盐。两名工人从外向里，进行着撒盐融雪的工作，当其中一位工人来到空地中央时，他脚下突然被什么东西绊了一下，整个人向后跌倒在了雪地里，爬不起来。另一名工人立马踩着雪，上去帮忙，将他拉了起来。

这时，他回头一看，雪地里埋着一个黑色的东西，正是这个东西将他绊倒的。他俩将那个黑色的东西从雪地里挖了出来。那是一个黑色的长条状的袋子，很沉，不知道里面装了些什么。两名工人好奇地拉开了袋子中央的纵向拉链，里面的景象吓得他们一屁股跌坐在了雪地里。

随后，他们报了警。

当我和黄朗赶到案发现场的这片空地时，整个空地都已经被民警封锁了起来，空地的入口处聚满了围观市民。

“这帮凑热闹的，都不怕冻着啊？”黄朗将车停好，我和他一起下了车。

“让开，让开，别妨碍办案！”黄朗闯进人群，在人群中开出了一条道儿，我紧跟了上去。

向维护现场秩序的民警出示了警官证后，我们进入了现场。穿过大片的雪地，我们来到了空地中央，此时，那个黑色的长条袋呈敞开状平躺在那里。

我们看向袋内，眼前的场面触目惊心，一股血腥的恶臭味扑面而来，我们不得不用随身携带的手帕捂住口鼻。

袋子里躺着一具男性尸体，而这具男性尸体，浑身上下血肉模糊，露出里面的肌肉组织，没错，这个男人被人完整地剥掉了皮肤。

黄朗道：“这可比去年冬天那案子要残忍多了！”

我认同地点了点头道：“看来凶手，又是个疯子。”

很快，尸体被送到了市局法医鉴定中心，下午晚些时候，尸检报告终于出来了。当我和黄朗来到解剖室的时候，龙敏一个人坐在工作台前，沉默不语。

黄朗冲着龙敏调侃道：“哟，龙大法医，今天不在解剖室里开餐了呀？”

龙敏没搭理他，起身将一份验尸报告递给我，转身就往门外走。

黄朗道：“唉，你这是怎么了你？不给我们解说尸体情况了啊？”

龙敏一边往外走，一边头也没回道：“验尸报告上都有，自己看吧。”

随后，龙敏便消失在了解剖室外。

黄朗看了看我，对我道："啧，你说，这妹子今天是怎么了？"

我摇了摇头，没有理会黄朗，阅读验尸报告：死者，男性，身高178厘米，生理年龄25岁，在死者肺内发现大量积水，可判断死者属于溺水而亡，死亡时间是在昨天夜里十点到今天凌晨一点之间。凶手在死者死后，用手术刀之类的精细刀具，直接切割至死者皮下组织，将死者全身皮肤完整剥离，手段极其残忍。从皮肉剥离的专业程度来看，凶手的水准不亚于专业的外科医生。

我们拿着验尸报告，离开了解剖室，在路过卫生间的时候，听到女卫生间里传来了一个女人的号啕大哭。

我们听出，那是龙敏的哭声。

黄朗道："啧，这妹子今天是怎么了，怎么还哭上了？"

这时，一名痕迹检验人员走到我们面前，对我们道："你们还不知道吗，死者身份已经确定了。"

我道："这么快？我们还没来得及对死者身份展开调查呢！"

痕迹检验人员道："是龙敏自己查的，她认出了死者牙床的形状，打电话给她弟，又打给她弟的公司，但都联系不上他，于是她自己抽了血，和死者进行了DNA比对，结果……"

黄朗大着嗓门儿惊道："死者是龙敏她弟龙腾？"

痕迹检验人员点了点头道："你小点儿声，还有啊，这段时间，你就别老跟人家拌嘴了，唉，没想到世界上竟然会有这么巧的事儿，姐姐亲自给弟弟验尸。"

痕迹检验员叹了口气，摇着头，从我们身边走过。

黄朗冲着女卫生间门口大喊道："龙敏妹子，你放心！我和老陈，一定会将凶手绳之以法的！我要是抓不到那个王八蛋，这警察我不干了！”

龙腾，是龙敏在这个世界上唯一的亲人，他们的父母早已经相继过世了。实在令人难以想象，当她确定面前躺着的，是自己亲弟弟的遗体的时候，内心究竟经受了多么严重的冲击，那种悲痛感，普通人难以承受。而更令我们难以想象的是，龙敏竟然在这股巨大的悲恸中完成了尸体的检验任务，这种专业精神令我们钦佩。

警务人员家属遇害，上级领导高度重视，要求我们倾尽全力破案。

我们迅速围绕着龙腾的社会关系展开调查，却没有发现任何一个符合作案条件的可疑人员。由于被害人是警务人员家属，所以，我们怀疑会不会是曾经被我们绳之以法、已经刑满释放的作案人员，或作案人员家属蓄意报复。于是，我们沿着这个方向展开了长达一周的调查工作，可还是一无所获。

和“维特鲁威人”案不同的是，这次的凶手，在抛尸地点的选择上，并没有那么缜密。“维特鲁威人”案的凶手所选择的几个抛尸地点，不仅仅在结构上符合黄金比例，还有一个更重要的因素，那便是，全都是监控盲区。

而这位凶手，则刚好被空地外的监控录像记录了下来。案发当天凌晨 3 点 05 分，一个穿着黑色棉袄的男人，扛着一个裹尸袋，进入了空地。一分钟后，他从空地上匆忙跑出，连续摔了好几跤。

每次他都跌倒在地，身体蜷缩，抽搐，看上去很痛苦，过了好一会儿才从雪地上爬起来。

画面的左下角冒着白烟，我们推测那是汽车的尾气，而那辆车刚好停在了监控画面外。所以，凶手离开了监控范围，不一会儿，白烟也消失了，我们推测凶手开车离去。

但由于凶手将自己包裹得格外严实，再加上是凌晨三点，监控画面十分黑暗模糊，所以根本无法从画面中判断出凶手的身份，甚至连凶手是男是女都无法判断出来，只能目测出，凶手身高大概在 175 到 180 厘米。

整整一周的时间，龙敏都处在魂不守舍的梦游状态，那天，她对我们说："我今天上午走在街上，看见我弟弟了，我冲上去，喊他的名字，可是他看见我转身就跑，我怎么也追不上他。"

我们都不知道该说些什么好，只能一个劲儿地安慰她道："节哀顺变，我们一定会抓到凶手的！相信我们！"

之后，龙敏便一直哭，一直哭。领导给龙敏放了长假，让她回去好好休息。

一周后，新的被害人出现了。

当天上午，四个初中生在一座开放式小足球场踢雪地足球，发现了被埋在雪地里的裹尸袋。当我们赶到现场时，发现裹尸袋里躺着一具男性尸体，那具男性尸体同样被人完整地剥了皮。我们迅速调取球场监控录像，发现凶手扛着裹尸袋走到球场中央，将裹尸袋扔下。随后，他像是在躲避什么东西的追赶一样，朝球场外跑去，中途同样几次跌倒，身体在雪地里扭曲挣扎，十分痛苦。

这次，监控画面同样没能拍下他作案用的车辆，也没能拍清他的长相。

经过验尸，确定死者的生理年龄为 28 岁，身高 178 厘米，死亡原因同样是溺水，而后被人完整剥皮。手法和之前完全一致，可以判断，两起案件是同一凶手所为。

也就是说，这是一起连环杀人案，凶手很有可能还会进行第三次甚至更多次犯案。

但是，我们在两名死者之间找到了一个共同点，首先，他们都是男性，最重要的一点便是，他们的身高都是178厘米，并且，身材的比例都很接近，胖瘦程度也差不多。难道说，这起案件的凶手，和“维特鲁威人”案一样，也是一名非常极端的、对人体比例有着极高要求的强迫症患者吗？

我们调查清楚了死者的身份，死者是一名高中教师，是学校报的失踪案，也叫来家属验了DNA，所以身份很快便匹配上了。我们依旧按照老一套，针对死者的社会关系进行了调查，可还是一无所获。

而两名死者生前也毫无交集，所以，我们判断，凶手有可能是在进行具备某种规律的杀人，但死者与死者之间并不具备社会关系上的串联，所以，一开始做出的关于报复警察家属的推测，不攻自破了。

那段时间，黄朗抽烟抽得更凶了，他有些冻感冒了，没抽两口烟便止不住地咳嗽，我劝他不要再抽了，对身体不好，但他不听。

我想要寻求罗谦辰的帮助，但是，近段时间，他正在接受减刑前最后的审查程序，所以，无法参与到侦破工作中来。

十天后，又一名死者出现了。

这次的案发现场，竟然是在“维特鲁威人”案的第一处案发现场，那片结冰的城中湖上。当天上午，当我们驱车赶到城中湖时，一切都仿佛回到了去年冬天。同样密集的围观群众，同样灰白如死去的天空，以及同样如利刃般将皮肤切割得生疼的寒风，寒风里裹着犹如来自冥府深处的血腥气。

我和黄朗踏上冰面，每走一步，都感觉咯吱作响，担心冰面会四分五裂、分崩离析，所有走在冰面上的人，都会被冰层下的黑暗吞噬。

这次，裹尸袋里躺着的，是一具女性尸体，奇怪的是，这具女性尸体和之前两位男性死者不同，她并没有被全身剥皮，但是，凶手整个剥去了她头部，包括脸部、头皮层在内的全部皮肤，以及颈部的全部皮肤。

由于这片冰湖是监控盲区，所以，这回，我们并没能取得凶手抛尸的监控画面。

验尸结果很快得出：该名女性死者，生理年龄为 27 岁，身高 170 厘米，死因是溺水。死后，凶手由死者颈部环切，而后剥下死者颈部往上全部皮层。

死者的身份也得到确认，是一家培训中心的舞蹈老师。我们调查了她的全部社会关系，并未发现可疑人员。

这次的抛尸地点，和“维特鲁威人”案的第一抛尸地点发生了高度重合，这是否意味着，这两起案件之间具备着某种隐藏的联系呢？“维特鲁威人”案的凶手已经被执行死刑，那么，本案的凶手会不会受到了他的影响，而产生了模仿犯罪的行为呢？

我们沿着这个思路展开调查，但还是没有结果。

九天后，新的被害人再度出现，这次，尸体出现在了位于城中湖的正东面，直线距离刚好 30 公里的那片荒地，而那片荒地，正是“维特鲁威人”案的第二个抛尸现场。这次的被害人是一名男性，同样被剥走了颈部往上的皮肤。

经过法医检验，这名男性死者的生理年龄为 21 岁，是一所大学的学生，但他的身高只有 173 厘米，并不符合前两位男性死者的 178 厘米身高，所以，就目前来看，身高的一致性，应该只是一个巧合。而中途又出现一名女性死者，身高为 170 厘米，这足以说明，身高和性别、年龄都不是凶手选择猎物的标准，凶手是在进行彻底的无差别杀人。

并且，他在模仿“维特鲁威人”案的凶手进行抛尸。

如果这种分析是正确的，那么，下一个抛尸地点已经非常明确，那座废弃工厂，位于城中湖的正北面，直线距离刚好 20 公里的那座废弃工厂！

我们立即在废弃工厂周围进行了秘密布防。我们和警队的同事们轮流进行着布防工作。足足七天，都没见到凶手前来抛尸。

就在第八天的凌晨三点，黑暗中，我们看到一辆黑色面包车缓缓驶入了废弃工厂。我立马通知所有位置待命。随后，视线中，黑色面包车的后备厢被打开了，一个黑色的裹尸袋从后备厢内推出，跌落在地上，随后，后备厢的门砰的一下关上了。

“行动！行动！”

我们立马驾驶着六辆警车围堵了上去，将面包车团团围住。可是，当我们拉开车门的一刹那发现，驾驶室里开车的，竟然是龙敏！

我们全都傻在了原地。

她的左耳还戴着一个蓝牙耳机。

龙敏哭着对我道：“炸弹！”

黄朗发现，龙敏的腰部有硬物隆起，他小心翼翼向龙敏走了过去，撩开她的腰部，看到她的腰部绑着一圈定时炸弹。

炸弹液晶屏幕上的倒计时只剩下 30 分钟。

黄朗扭过头，冲着我们高喊道：“拆弹专家！快去叫拆弹专家！”

我立马电话通知局里派拆弹专家过来，只见黄朗握住龙敏颤抖的手道：“龙敏妹子，你千万别动，也别害怕，拆弹专家马上就到！”

龙敏吓得已经不敢说话，只是一个劲儿地抿着嘴点头。

眼看时间以极快的速度进行着倒计时，二十分钟后，拆弹专家终于赶到，留给他的拆弹时间，只剩下不到十分钟了。

只见拆弹专家用爆炸物探测仪在龙敏腰间的炸弹上扫了扫，确定含有爆炸物，随后，便让黄朗让到一旁。

黄朗一边慢慢往后退，一边鼓励龙敏道："别怕，炸弹很快就会被拆掉！"

拆弹专家进行着紧张的拆弹工作，我们所有人都捏着一把汗。我心里不停地默念着，快一点！快一点！快一点！快一点！

麻烦快一点！

可是，最后，液晶屏幕上的时间只剩下一分钟。拆弹专家深深地朝龙敏鞠了一躬："对不起，我无能为力。"

随后，他便提着拆弹设备跑开了。

我高喊道："所有人，紧急撤离！紧急撤离！"

我们所有人都开始往外撤，只有黄朗一个人朝龙敏飞奔过去，我一把拉住他道："你疯啦！炸弹马上就要爆炸了！"

黄朗一把推开我："要走你自己走！"

他说罢，跑到了龙敏跟前，只见他握住龙敏的手道："别怕，别怕，有我在呢！千万别害怕，有我在呢！"

龙敏哭了出来，点了点头："嗯，我不怕！我不怕！你快走！你快走！"

此时，时间只剩下 20 秒了，黄朗执意不肯走，我劝不动他，只好自己离开了。

当我冲出仓库的一刹那，身后传来了"啪"的一声，炸弹爆炸了。

然而，我们并没有迎来预料中的爆炸，只听到仓库里传来一个用变声器发出的尖利的嘲讽声：“来抓我呀！来抓我呀！快来抓我呀！”

我们立即聚拢回面包车前，只见龙敏身上的定时炸弹冒着烟，但是并没有发出强烈的爆炸，里面的爆炸物，也不过是鞭炮的级别。

所有人都松了一口气。

只见龙敏从车上倒了下来，倒在了黄朗怀里，整个人昏厥了过去。

我们被凶手给耍了。

从后备厢里坠落的裹尸袋里，装的是泥沙。

我突然想到什么，立即带人驱车赶往城东广场，四十分钟后，当我们抵达城东广场的时候，看到，城东广场的中央躺着一个裹尸袋，裹尸袋中装着又一具被剥掉颈部以上皮肤的男性尸体。

大雪不停地下坠，我茫然地环顾着周遭，凶手早已离去，不见踪影。就在我们把全部的注意力都集中在炸弹上时，他已经在城东广场完成了抛尸。

好一出调虎离山之计。

第二天一早，龙敏在医院的病床上醒了过来，黄朗在病床前守了她一夜。我到病房的时候，黄朗正在喂龙敏喝粥，真是难得看到他如此体贴的一面。

我开玩笑问黄朗道：“你昨天那架势，是打算陪着龙敏一起死啊，我看这样吧，要不这次回局里，我跟局长说一声，你俩干脆把结婚的事儿给办了，也都老大不小了。”

这话正合黄朗心意，他听完笑了起来。

可龙敏赶忙回斥我道：“你说什么呢你？陈大队长什么时候当起媒婆来了？”

黄朗也赶紧附和："对呀，老陈，你说什么呢你？别乱说，乱说是要犯错误的。"

我笑着道："行行行，再说下去，看来就得接受纪律处分了，不过，龙敏，具体情况你还是得向我反映一下，你到底是怎么被凶手绑架的？"

龙敏道："昨天上午，我接到一个陌生电话。电话里的人对我说，他知道我弟弟是怎么死的，约我到发现我弟弟死去的那片空地见面。"

我道："然后你就去了？"

龙敏点了点头。

我道："你为什么不通知我们？"

龙敏道："电话里的人说，一旦我叫上其他人，他就不会出现，我也就永远不知道杀害我弟弟的凶手到底是谁。"

我问："打电话的人，是男的还是女的？"

龙敏摇了摇头道："用了变声器，听不出来是男的还是女的。"

我道："好，你接着说。"

龙敏道："我一大早就去了，下着雪，街上没什么人，我去了那儿，在空地中央站了一会儿，就感觉身后有人朝我走过来了，我闻到了一股浓重的香水味儿，还没等我转过头，那人就用什么东西捂住了我的嘴，然后我就晕了过去。当我醒过来的时候，就在那辆黑色面包车上，耳朵上还戴着蓝牙耳机，他在耳机里对我说话，说我身上绑了炸弹，我一看，真有炸弹，当时就慌了，他让我按照他的要求去做，说如果不按照他的指使，他就立马遥控引爆炸弹。于是，我听他的，开着那辆车，去了那个废弃工厂，他让我打开后备厢，把那个黑色的袋子推出去，我全都照办了，之后的事情，你们也全都在场，就不用我说了。"

我问："你去空地，大概是上午几点钟？"

龙敏道："八九点。"

我立马调取了昨天上午8点到9点之间的监控录像，发现，八点半的时候，龙敏走进了空地。8点40分的时候，有一个穿着棕色紧身皮衣的人走进了空地，还戴着皮手套。8点45分，监控画面中，那个穿着皮衣的人搀着已经昏迷的龙敏，将她拖出了空地，随后消失在了监控画面中。

由于是白天，监控画面拍摄得比较清晰，从面部来看，袭击龙敏的竟然是个女人！

而这个女人的脸，看上去有些熟悉，我立马找来了之前那名女性死者生前的照片，对比了一下，发现，监控画面中的女人和那名女性死者格外相似。但她看上去，比那名女性死者高许多。

我们立即找来了那名女性死者的家人，经过我们的再三劝导，其家属承认，那名女性死者还有一个双胞胎姐姐，但是，在很小的时候，由于家里穷，姐姐被遗弃了。

那么，凶手很有可能是那名女性死者的双胞胎姐姐！

她是在为被遗弃的事情，展开报复吗？报复她妹妹，同时，报复社会？

次日，我得知罗谦辰的减刑程序已经完成了，立马前往监狱向他表示祝贺："祝贺你，得到了减刑，从死缓，减刑到了无期徒刑。"

罗谦辰儒雅一笑，对我道："谢谢。不过，你不是来祝贺我减刑的，你一定是碰到了什么棘手的案子，需要寻求我的帮助！"

我尴尬地笑了笑道："还真有一个案子需要你的帮忙。这个案子甚至和‘维特鲁威人’案发生了抛尸现场的重叠。”

罗谦辰扬了扬眉毛：“听上去的确有趣。”

随后，我把全部的案卷资料递给了他。

半个小时后，他看完了案卷资料和我拷贝下来的监控录像，对我道：“先说说你的疑问吧。”

我道：“凶手是女人吗？”

罗谦辰摇了摇头。

我道：“可是监控画面中……”

罗谦辰道：“这个，我稍后会给你解释。”

我问：“凶手是否患有某种疾病？前两段监控录像中，他一路跌跌撞撞，在地上挣扎，看上去很痛苦。但问题是，在其袭击法医的录像中，凶手看上去却和常人没什么两样，并没有展现出之前那种倒地挣扎的痛苦症状。”

罗谦辰微微一笑道：“陈警官，你进步了，意识到这是由某种疾病引起的。”

我道：“是精神方面的疾病对吗？”

罗谦辰点了点头道：“你的进步的确令我刮目相看。就目前的情况来看，这个凶手患有旷野恐惧症。”

我道：“旷野恐惧症？”

罗谦辰道：“没错，患有旷野恐惧症的患者，不能出现在户外，一旦暴露在户外超过不长的一段时间，他们就会发病，出现幻觉，甚至认为大地在崩裂，认为天空在塌陷。”

我道：“所以，那些症状是旷野恐惧症引起的？”

罗谦辰点了点头：“是的。”

我问："可是，为什么在袭击龙敏的画面中，凶手没有表现出这个症状？而且是个女人，这个女人和那位女性被害人长相相似，我们怀疑是被遗弃的双胞胎姐姐。"

罗谦辰道："你有没有考虑过，凶手不断地剥走人皮，是为了什么？"

我道："为了追求某种精神上的刺激？很多连环杀人犯都是这样。"

罗谦辰道："他是为了治疗自己的旷野恐惧症。"

我一怔："什么？治疗？我不明白。"

罗谦辰道："凶手突然患上了旷野恐惧症，他去看了很多精神方面的医生，吃过很多药物，病情却依旧没有改善。但是，他又迫切地想要去户外活动。于是，他萌生出了一种畸形的想法，如果，我躲在另一个人的身体里面，不就可以在户外活动，并且让自己的身体不受到伤害了吗？于是，他想到了剥人皮的方法。他杀掉了前面两位男性死者，将他们躯干的皮肤以处理动物皮毛的方法制成皮革，然后用这些皮革制成衣服、手套、裤子，他之所以杀掉两名身高178厘米的男性，是因为他的身高也是178厘米，他需要符合他身形尺寸的皮衣。而死者颈部以上的皮肤，被防腐处理制成了头套，但头套需要皮肤的真实质感，所以不能做成皮革，还是会腐烂，尽管经过了防腐处理，这种头套的保存还是不能持久，于是，他需要定期杀人剥皮制作头套，保持一定的库存量，以确保万无一失。这也就是你看到后面三位死者只被剥掉了颈部以上皮肤的原因，因为他已经拥有皮衣，只需要新的人皮头套即可。人皮头套如今可不是什么武侠小说或谍战片里的概念，现实中，早已经出现了足以以假乱真的人皮头套，并且被广泛地应用于影视行业，多为硅胶制成，再经过特效化妆师的化妆，足以骗过大多数人。而凶手肯定不满足于硅胶。"

我道：“你的意思是说，凶手在袭击龙敏的时候，套上了用那名女性死者头部皮肤制成的头套，并且经过了电影级的特效化妆？”

罗谦辰点了点头道：“而当时，他身上的皮衣和皮裤，便是用人皮制成的，当然，还有皮手套，他躲在别人的身体里，当然不会再有旷野恐惧症的症状出现。”

我道：“可是，凶手为什么在后面几次的抛尸中，选择和‘维特鲁威人’案一样的抛尸地点？”

罗谦辰道：“这点，等你们抓住他之后，就会有答案。”

我道：“能锁定凶手身份范围吗？”

罗谦辰道：“凶手当过外科医生，尤其是外科整形方面的医生。后来，他转行当了特效化妆师。他可能在十几岁的时候，还会尿床，小时候有过蓄意纵火和虐待动物的经历。最近一年，有过多次看精神科医生的经历，患有旷野恐惧症。男性，身高 178 厘米，体格健壮，出门必然穿着棕色皮衣和皮裤，戴皮手套，而这些全都是由人皮制成的，并套着人皮头套，人皮头套为几位死者其中之一的。想必他已经制作好了全部受害人的人皮头套，并且用防腐技术保存，便于他时常能以新面孔出现在户外。至于为什么在杀害第二名死者的时候他依旧表现出旷野恐惧症的症状，我推测是因为杀害第一名死者后，由于第一次制作人皮衣裤、人皮头套，很可能并没有制作成功，于是，他便杀害了第二名身材相符的男性被害人，成功完成人皮衣裤和头套的制作。推测其年龄，应该在 30 到 35 岁之间。”

这还是罗谦辰第一次给出如此详细的犯罪心理画像。我立马前往本市各大医院的精神科以及专门的精神病医院进行调查，果然找到了一个名叫谢东海的患者，符合罗谦辰所说的几乎全部条件。

谢东海，性别男，当过整形外科医生，后来转行特效化妆师，12岁的时候还会尿床，高中住校时曾经放火烧掉了室友的床被，还经常虐待猫狗之类的小动物。这些内容，全都是在医生的催眠治疗下谢东海亲口说出的。他被诊断患有旷野恐惧症。身高178厘米，体格健壮。年龄，33岁。

我立马调查到了谢东海的住所，然后和黄朗一起，率领特警队前往谢东海家。谢东海家，是一幢自盖的两层小楼。我们将小楼团团围住，随后破门而入。没想到，谢东海正穿着皮衣，戴着死者的头套，在客厅里等我们。

我们一进门，他便笑着道："你们终于来了。"

果然十分逼真，如果不是在事先知道的情况下，我们绝对看不出来他戴了人皮头套。只见黄朗举着枪，走到了谢东海面前，伸出手，抓住头皮往上用力一拽，人皮头套瞬间被撕扯了下来，露出了谢东海的真容，这张脸也和我们查询到的他身份证上的脸匹配。

经过DNA鉴定，确定谢东海身上穿的皮衣、皮裤、手套甚至袜子，还有头套，全都是由人皮组织制成的，同时，还找到了除第一名被害人外的其他几名被害人的人皮头套，果然如罗谦辰所料，第一名被害人的人皮头套制作失败了，所以被谢东海遗弃。所有DNA与那几名死者完全匹配。

我们在其家中，找到了全部作案工具，以及杀人剥皮留下的现场微物痕迹，最终确定，犯下这桩连环杀人案的，正是谢东海。

在押送谢东海的过程中，也证实了，他的确有旷野恐惧症，他一到户外，表情就特别难看，并且浑身发颤，额头冒汗，这可不像是表演出来的，是他真实的生理反应。到了审讯室里，他显得舒服了许多，因为审讯室的空间密闭，狭小，刚好符合他这类患者的生存环境。

我和黄朗负责对其进行审讯。

他承认了全部罪行，并对我们道："其实，我是故意让你们抓到的。"

黄朗笑了："故意？每一个被抓到的变态都会这么说，因为他们到最后都不肯承认，是因为他们自身的愚蠢才被我们抓到的。正义永远战胜邪恶，这是定律。"

他也笑了起来："对于你的自信，我十分欣赏。但你们解开了全部，一定有一个疑问，至今还未解开。"

我开口问道："你是在模仿去年冬天的那个案子吗？你和那个案子里的凶手，在多处抛尸地点上发生了重合。"

他道："我不是在模仿，我是故意留下线索，故意让你们抓到我。"

我问："为什么？"

他道："因为，我想见一见那个人。"

我道："谁？"

他道："我知道，去年冬天那个案子，是一个神秘人帮助你们侦破的，但报纸上并没有透露那个神秘人究竟是谁。我很崇拜他，我确定，他能够帮助我，治好我的旷野恐惧症。"

黄朗笑了："你想见他？可惜，你没这个机会，如果不出意外，你将面临的，是死刑，一个快要死的人，还着急治病吗？"

谢东海笑了："那个法医叫什么名字来着？哦，对，叫龙敏，是不是？她昨天，是不是出院回家了？要不，你们现在打个电话看看，看能否联系得上她？"

黄朗赶紧打了个电话过去，果然手机是关机的，他一把将谢东海摁在了审讯桌上，然后掏出手枪，顶住了他的太阳穴。

谢东海被枪口顶着，非但不恐惧，还发出嘲讽的笑：“杀了我呀！杀了我呀！杀了我，你就永远也找不到那个法医了。”

我在一旁拉住黄朗：“别冲动，我已经派人去龙敏家里了。”

但黄朗没有理会我，将枪口拧得更用力：“说！在哪儿？她现在在哪儿？！”

谢东海讥笑道：“带我去见那个人。带我去见那个人！我见到那个人，就会告诉你那个法医现在在哪儿。”

黄朗道：“向我证明，向我证明！向我证明她还活着！”

谢东海报了一串网址，让我把网址输入到电脑里，我拿来笔记本电脑，输入了这串网址，发现这是一个加密网页：“密码？”

谢东海道：“33767。”

我输入密码，网页弹出了一个直播画面，画面并不算很清晰，一共有两个直播窗口，左边那个，黑色的房间里，坐着一个陌生女人，她被捆绑在一把椅子上，嘴上封着大力胶，眼神格外痛苦；而右边那个，则是龙敏，她也在某个黑色房间里，被捆绑在一把椅子上，嘴上也封着大力胶，她的身体不停地痛苦且虚弱地挣扎着，但就是无法动弹，也无法出声。她们的右手全都输着液。而她俩身后的液晶显示屏上，有一串数字在倒数，现在倒数到了两个半小时的时间。

谢东海笑了：“不好意思，忘了告诉你，陈警官，当你输入那串密码的一刹那，那两个房间里的定时炸弹也同时启动了。”

黄朗发疯一般，猛地将谢东海摔在地上，冲着他猛踹了几脚：“快把炸弹停掉！快停掉炸弹！告诉我，你把她们关在哪儿了？”

谢东海被揍得鼻青脸肿，倒在地上，他用舌头舔舐净嘴角流出的血，神经质地笑着道：“看过《蝙蝠侠：黑暗骑士》吗？那是我最喜欢的电影。还记得里面有一个桥段，小丑同时绑架了蝙蝠侠的情人和一位检察官，把他们关在了不同的地方，两个地方都装有定时炸弹。蝙蝠侠的时间只够救一个，那么，他会选择去救谁呢？”

我倒抽了一口凉气，眼前这个疯子，显然已经把自己代入到了小丑的角色当中。

黄朗再一次用枪顶住了谢东海的脑袋，厉声呵斥道：“告诉我，她在哪儿？！”

谢东海笑了：“带我去见到他，见到他，我就告诉你，她在哪儿。啧、啧、啧、啧，不好意思，你们又耽误了10分钟，现在只剩下2小时20分了。”

我立马联系监狱，随后便带着谢东海赶往监狱，当我们来到监狱的时候，罗谦辰已经在会面室里等候我们。

由于雪天行车困难，整个路程花费了一个小时的时间。只剩下1小时20分了。我们必须争分夺秒！

谢东海和罗谦辰相对而坐，我们隔着单面玻璃紧张地注视着会面室里的情况。

只见谢东海显得格外兴奋：“你就是那个协助他们破案的神秘人？”

罗谦辰淡淡道：“我并不神秘，从你见到我的这一刻起。”

谢东海笑了：“不知道你有没有过这样的体验，曾经你做某一件事情，只是为了能够生存下去，结果，竟然对那件事情上瘾了，变得欲罢不能？”

罗谦辰道：“我擅长烹饪，我觉得烹饪是一门艺术，人们对于食物，最初只是为了填饱肚子，为了能够活下去，但后来，人们对于美食的追求，已经彻底进化成了对于口感的追求，人类在享受进食的过程，我想，这就是某种升华。”

谢东海仿佛找到了知音：“没错！艺术！升华！一开始，我剥下人皮，是为了能够生存下去，只有躲在一张人皮下面，我才能够自如地在户外行走。但很快，我爱上了这种感觉，这种令我欲罢不能的感觉，一直缠绕着我。当我剥下那一张张人皮，制作成皮革，制作成人皮头套、人皮面具时，我觉得，这就是艺术，而我，已经在艺术创作中得到了彻底的升华。”

罗谦辰道：“这是一种灵魂上的升华。”

谢东海道：“没错。但我还是受困于这种被人们称作旷野恐惧症的疾病，我该如何从中解脱呢？”

罗谦辰道：“你的肉体，已经不再是你自己的了。”

谢东海道：“为什么这么说？”

罗谦辰道：“因为你已经变了。”

谢东海道：“我变了？”

罗谦辰点了点头道：“你的灵魂，已经在这个过程中得到了升华，笛卡儿认为，我思故我在。也就是说，你的灵魂才是真正的你。既然你的灵魂已经升华，你就不再是以前的那个你了，而与过去那个你相匹配的肉体，也不再是你的肉体了。它只是一个肉身，一个躯壳，一张人皮，而此刻，你正躲藏在这张人皮之下。你看，即便你走在旷野上，也只是那张人皮暴露在了旷野之中，而真正的你，则被安全地包裹在这副幽闭皮囊中，对于真正的你而言，从来就不存在于旷野，你一直处在幽闭深处，也就不必担心被旷野所伤了。”

谢东海听完，深吸了一口气，道：“我们能一起出去走走吗？”

罗谦辰看了一眼单面玻璃，我立马安排人，带着他俩离开了会面室，离开了这幢大楼，来到了外面的操场上。

天光倾泻而下，谢东海站在雪地中央，仰望着天空，做着深呼吸，过了好一会儿，他转身对罗谦辰道："谢谢你，你让我得到了重生！"

我和黄朗冲了上去，黄朗一把将谢东海摁翻在雪地里："你要的条件，我们都帮你实现了，快说！她们在哪儿？"

谢东海笑着道："你得选一个，在那个法医和那个无辜的女人之间，你必须做出一个选择。告诉我，你是选择左边，还是选择右边？"

罗谦辰对黄朗道："我觉得，你应该选择左边。"

黄朗瞪了罗谦辰一眼："右边！我选择右边！快告诉我，她在哪儿？！"

随后，谢东海报上了一个坐标。

此刻，距离炸弹引爆只剩下 40 分钟的时间。我留下同事继续审问谢东海另一名人质被关押的地点，而后和黄朗一起，飞车前去解救龙敏。

当时间只剩下不到三分钟的时候，我们终于赶到了那片荒地，一座孤零零的水泥小屋矗立在荒地的雪野中央。

就是那儿！

我们将车开上荒地，可是，却因为积雪太深，泥土又过于松软，整辆车都陷在了雪地里不得动弹，只好下车徒步。

我们在雪地里狂奔，狂风卷着大块大块的碎雪从远方的天际线呼啸而来，我们顶着风，艰难地前行着。

一分钟后，我们来到了水泥小屋前，黄朗一脚踹开了门，只见黑暗中，龙敏被绑在一把椅子上，椅子是金属的，在地板上固定死了，龙敏的面前，是一台摄影机和一台处在直播状态的笔记本电脑，她身后，倒计时只剩下不到两分钟。

我和黄朗立马冲上去，撕掉了龙敏嘴上的大力胶，龙敏喘息着，说不出话，我们手忙脚乱地解着龙敏身上的绳索，但有几个死结怎么也解不开。

黄朗大喊道："刀！有刀吗？"

我道："在车上！"

我立马转身，以百米冲刺的速度，朝警车跑去，然后取了刀跑回了小屋，此时，时间只剩下 30 秒。

黄朗持刀，快速切割着绳索。

20 秒……15 秒……10 秒……

绳索全部解开。

我和黄朗立即搀起已经彻底虚脱的龙敏，朝门外飞奔而去，当我们冲出门外的一刹那，身后，水泥小屋"砰"的一声爆炸了。

爆炸的轰鸣声震耳欲聋，整个大地都在颤抖，我们被气浪推翻，向前翻滚跌在了雪地里，还好厚厚的积雪起到了缓冲作用，并没有受伤。

身后，火光冲天。

黄朗爬起身来，冲到龙敏身前，大声呼喊着她的名字："龙敏！龙敏！龙敏！"

龙敏的脸上，大量地溢出了血，她微微睁开眼，语气虚弱地道："我，不是，你说的，那个人……"

随后，她昏迷了过去。

黄朗撩开覆盖她脸颊的厚厚的假发，这才发现脸部那一圈被缝合的轮廓，有好几根缝合线已经崩开了，血不住地从里面往外溢。

这时，我的手机响了起来，电话那头，同事对我道："那个疯子说，那个疯子说，他给两个人换了脸！”

我的心一瞬间似乎停掉了，整个人一阵眩晕，几乎要倒下去。寒风在耳畔隆隆作响，随后，被黄朗的号叫声覆盖。

在城市另一头的一个小屋内，炸弹同时爆炸了，在小屋里找到了一具被炸得四分五裂的女尸，经过 DNA 检验，女尸被确定为龙敏。

在龙敏的葬礼上，黄朗整个人跪在地上，哭得难以自持，我几乎没见过黄朗落泪，那是为数不多的几次之一。从那之后，他陷入了深深的自责，他认为，是自己错误的选择害死了龙敏。他向警队请了长假，我不知道他去了哪儿，也联系不上他。希望他能够挺过这阵子，然后平安归队。

在我 10 多年的警察生涯中，已经有好几位兄弟倒下了，但我从未动摇过自己作为警察的信念。

龙敏，一路走好。

这个冬季，雪一直下到了开春才停止。我一直希望，所有的罪恶都能够随着冰雪的消融而彻底散去。

谢东海最终被判处了死刑并立即执行。

我把谢东海被判处死刑的消息告诉了罗谦辰，并且对他表示感谢，最后，不知为何，我问了他一句："那天，你让黄朗选左边，你当时已经看出，凶手给两名人质换脸了吗？"

罗谦辰摇了摇头道："我觉得，他应该去救那个无辜的平民。"

我道："为什么？"

罗谦辰道："凶手是在考验黄朗，也是在考验你们，在公与私之间会如何选择，在某种程度上，你们选择了私，所以，你们没能通过他给你们设置的考验。”

我道：“但如果连自己所爱的人都没办法保护，又怎么能保护得了别人呢？”

罗谦辰听罢，只是淡淡一笑，没有继续说话。

我亲自去观摩了谢东海被执行注射死刑的全过程，他一直在笑，一直在笑，只在最后药液进入他的身体，他的笑容才逐渐停止。

如果可以，我想亲手枪毙他。

但作为警察，我永远不能这么做。

（未完待续）

尾 声

其实这次，在陈峰的遗物中，我不仅仅发现了他的刑侦笔记，还找到了一枚U盘。

我将U盘插入电脑，在里面发现了一份录音文件，文件被设置了加密。

我首先试了几种类似“1234567”之类的傻瓜密码，又试了陈峰的生日，和他姓名的拼音简写和全拼。但全都打不开。

我突然想到，这文件的内容会不会和罗谦辰有关呢?

于是，我抱着瞎猫碰上死耗子的心态，在密码框中输入了“罗谦辰”的姓名拼音简写和全拼，大小写都试了一遍，但还是不对。

我开始围绕罗谦辰的身份进行联想，想到他以前是个厨师，于是在密码框中输入了厨师的英文“chef”。

这次，竟然打开了。

录音中传来了两个男人的对话，我听出，其中一个男人那低沉而饱满、富有磁性的嗓音正是罗谦辰。

另一个男人开启了自我介绍："罗先生，你好，我是省公安厅副厅长王国伟。"

罗谦辰道："你们查清楚了？"

王国伟道："是的，你并没有杀害你的妻子。"

罗谦辰道："但你并不打算立刻还我清白放我出去对吗？"

王国伟道："罗先生你果然料事如神，其实，我希望你能够继续保持囚犯的身份，配合我们的工作。"

罗谦辰道："你要我当你们的线人？"

王国伟道："是的。当然，你也可以拒绝，目前针对你杀妻案的一审即将进入庭审阶段，我们可以向检方和法院提供你没有杀妻的证据，对你无罪释放。但是，你最关心的那个人，可能会有危险。"

罗谦辰道："如果我没猜错，有某个犯罪团伙可能会对那位记者不利？"

王国伟道："是的。"

罗谦辰道："而你们需要我协助你们捣毁这个犯罪团伙？"

王国伟道："没错，这是一个卧底计划，而你囚犯的身份刚好符合这个计划的要求。在计划执行的过程中，我们会派专人为那位记者提供保护，保证他的安全。不知你是否同意这个条件？"

罗谦辰道："如果是为了他，我同意你的要求。"

王国伟道："对了，你在看守所以及未来在监狱的这段时间，我需要你协助市局的警方破案，我这里有一个案子的卷宗你可以看一下。在这个案子中，被害人的尸体被拦腰截断……"

罗谦辰道："会有人来和我对接是吗？"

王国伟道："那个负责和你对接的人是市公安局的刑侦支队队长，

陈峰。当然，他并不知道你的卧底计划，你的身份只有我和厅长知道。你需要主动联系上他。”

罗谦辰道：“这个很容易。”

王国伟道：“另外，为了方便合作，厅长正计划将我调到市局当局长，当然，依旧保留我的副厅级。”

罗谦辰道：“那就祝我们合作愉快。”

王国伟道：“合作愉快！”

图书在版编目（CIP）数据

疯人演绎法 / 方洋著 . -- 北京 : 中国友谊出版公
司 , 2020.7（2024.4 重印）
ISBN 978-7-5057-4930-6

Ⅰ . ①疯… Ⅱ . ①方… Ⅲ . ①长篇小说－中国－当代
Ⅳ . ① I247.5

中国版本图书馆 CIP 数据核字 (2020) 第 105226 号

书名 **疯人演绎法**
作者 方　洋
出版 中国友谊出版公司
发行 中国友谊出版公司
经销 新华书店
印刷 嘉业印刷（天津）有限公司
规格 880 毫米 ×1230 毫米　32 开
7.5 印张　160 千字
版次 2020 年 8 月第 1 版
印次 2024 年 4 月第 14 次印刷
书号 ISBN 978-7-5057-4930-6
定价 42.00 元
地址 北京市朝阳区西坝河南里 17 号楼
邮编 100028
电话（010）64678009